LE PAGE

DU

DUC DE SAVOIE

PAR

ALEXANDRE DUMAS

8

PARIS

ALEXANDRE CADOT, ÉDITEUR

37, rue Serpente

1855

LE PAGE DU DUC DE SAVOIE

Ouvrages du marquis de Foudras.

Un Drame en famille . . . . 5 vol.
Un Grand Comédien . . . . 3 vol.
Le Chevalier d'Estagnol . . . . 6 vol.
Diane et Vénus. . . . . 4 vol.
Jacques de Brancion. . . . . 5 vol.
Madame de Miremont. . . . . 2 vol.
Lord Algernon . . . . 4 vol.
La comtesse Alvinzi. . . . . 2 vol.
Un Capitaine du Beauvoisis. . . . . . 4 vol.
Madeleine repentante. . . . . 4 vol.
Le Capitaine Lacurée.. . . . . 4 vol.
Les Gentilshommes chasseurs . . . . 2 vol.
Suzanne d'Estouville (format Charpentier). . 2 vol.
Tristan de Beauregard (idem). . . . . 1 vol.
Un Caprice de grande dame (idem). . . . 3 vol.
Un amour de vieillard . . . . 3 vol.
Les veillées de Saint-Hubert . . . . . 2 vol.

Sous presse :

Le dernier roué . . . . 2 vol.

Ouvrages de Xavier de Montépin.

Confessions (les) d'un Bohême . . . . 5 vol.
Vicomte (le) Raphaël . . . . 5 vol.
Les Oiseaux de nuit. . . . . 5 vol.
Les Chevaliers du lansquenet . . . . 10 vol.
Les Viveurs d'autrefois . . . . . . 4 vol.
Le Loup Noir . . . . 2 vol.

Fontainebleau, imprimerie de E. Jacquin.

LE PAGE

DU

DUC DE SAVOIE

PAR

ALEXANDRE DUMAS

8

PARIS

ALEXANDRE CADOT, ÉDITEUR

37, rue Serpente.

—

1855

XVIII

Où le traité s'exécute.

Henri II était mort en véritable roi de France, se soulevant sur son lit de mort pour ratifier les promesses faites.

Le 3 juillet 1550, furent expédiées les lettres-patentes qui rendaient ses États à Emmanuel-Philibert.

Il envoya sur-le-champ, pour procéder à cette reprise de possession, trois des seigneurs qui lui avaient été le plus dévoués dans sa mauvaise fortune.

C'étaient son lieutenant-général en Piémont, Amédée de Valpergue ; son lieutenant-général en Savoie, le maréchal de Chatan ; et son lieutenant-général en Bresse, Philibert de la Beaume, seigneur de Montfalconnet.

Cette fidélité du roi Henri II à tenir ses promesses à son lit de mort exaspéra tous les seigneurs de France, dont Brantôme se fait l'organe.

La chose, dit Brantôme, fut mise en dé-

libération et fortement débattue au conseil : les uns soutenaient que François II
n'était point obligé de remplir les engagements pris par son père, surtout vis-à-vis
d'une puissance inférieure ; les autres opi-
naient pour attendre la majorité du jeune
roi ; ils disaient que la duchesse de Savoie
n'avait déjà apporté que trop d'avantages
à son mari, et que l'établissement de dix
filles de France eût moins coûté à la couronne.

Car, ajoute l'abbé de Bourdeille :

« De grands à grands, il n'y a que la
main, mais non pas de grand à petit. C'est
au grand à faire la part, c'est au petit de
vouloir bien se contenter de celle que veut

bien lui assigner le plus fort, et celui-ci n'est tenu de se régler que par son droit et sa convenance. •

La morale, comme on le voit, était large et facile, et si de nos jours on l'applique encore comme action, on en rejette au moins la théorie.

Aussi les Français, qui tenaient le Piémont depuis vingt-trois ans, avaient-ils toutes les peines du monde à l'abandonner, et peu s'en fallut-il qu'ils ne se révoltassent contre les ordres de la cour.

Il fallut faire trois commandements successifs au maréchal de Bourdillon d'évacuer les places de sûreté, et, avant de les abandonner, il exigea que l'ordre fût enregistré au parlement.

Quant à Emmanuel-Philibert, quelque
désir qu'il eût de retourner en ses États,
il était encore retenu en France par certains devoirs indispensables.

D'abord il avait à aller prendre congé à
Bruxelles du roi Philippe II, et à lui remettre le gouvernement des Pays - Bas
qu'il tenait de lui.

Philippe II nomma gouvernante des
Flandres, en place d'Emmanuel-Philibert,
sa sœur naturelle, Marguerite d'Autriche,
duchesse de Parme; puis, absent depuis
longtemps lui-même d'Espagne, il songea
à y retourner avec sa jeune épouse.

Emmanuel-Philibert ne voulut abandonner le roi Philippe II, que lorsque, selon
son expression, la terre lui manquerait
pour le suivre; en conséquence, il l'accompagna jusqu'à Middelbourg où le roi
s'embarqua le 25 août.

Puis, Emmanuel-Philibert revint à Paris où l'appelait le sacre du jeune roi.

Le jeune roi partait pour le château de
Villers-Coterets avec toute sa cour, sous le
prétexte de chercher la retraite, mais, en
réalité, pour s'y amuser tout à son aise.

Les pères qui laissent un trône pour hé-
ritage laissent rarement un long regret.

Le roi, dit M. de Montpleinchamp, un

des historiens d'Emmanuel-Philibert, *alla se divertir* au château de Villers-Coterets, avec le duc de Savoie, son oncle, qui y tomba malade de la fièvre.

Le château de Villers-Coterets, commencé par François Ier, venait d'être achevé par Henri II, et l'on peut voir encore aujourd'hui sur la façade qui regarde l'église le chiffre du roi Henri II et de Catherine de Médicis : un H et un K (Catherine s'écrivait alors par un K), entouré des trois croissants de Diane de Poitiers ; singulières alliances, moins singulières cependant à cette époque que dans la nôtre, de l'adjonction de la maîtresse à la vie conjugale.

La bonne princesse Marguerite, qui ado-

rait son beau duc de Savoie, se constitua
sa garde-malade, sans vouloir qu'il prît
rien d'une autre main que de la sienne;
par bonheur, la fièvre qui tenait le duc
n'était qu'une fièvre de fatigues, mêlée de
sombres regrets : Emmanuel – Philibert
avait regagné un duché royal, mais il
avait perdu le cœur de son cœur.

Leona était retournée en Savoie, et était
allée attendre, au village d'Oleggio, ce
17 novembre qui devait les réunir chaque
année.

Enfin, cette puissante fée qu'on appelle
la jeunesse vainquit fatigues et douleurs,
la fièvre s'envola sur un dernier rayon de
soleil d'été, et le 21 septembre, le duc

Emmanuel put accompaguer le jeune roi François II et·la reine Marie-Stuart, qui avaient trente-quatre ans à eux deux, au sacre de Reims.

Au moment où Dieu abaissa les yeux sur celui que l'huile sainte faisait son élu, il dut prendre en pitié, certes, ce roi qui ne devait vivre qu'un an et mourir d'une mort mystérieuse, et cette reine qui devait rester prisonnière vingt ans et mourir d'une mort sanglante.

Le roi sacré et ramené à Paris, Philibert se trouva quitte en quelque sorte envers ces deux têtes couronnées, et il quitta son neveu de France comme il avait quitté son cousin d'Espagne, afin de retourner dans ses États, dont il était absent depuis si longues années.

La duchesse Marguerite accompagna son époux jusqu'à Lyon ; mais là elle le quitta ; ce devait être une chose déplorable que la situation de ce pauvre duché de Savoie, après une occupation étrangère de vingt-trois ans, et le duc Emmanuel avait cette coquetterie bien naturelle de remettre un peu d'ordre dans ses États avant de les faire voir à sa nouvelle épouse.

Puis, il faut le dire, le mois de novembre approchait, et depuis que Leona avait quitté Emmanuel à Écouen, Emmanuel était resté l'œil fixé sur ce point lumineux du 17 novembre, comme, dans une nuit sombre et pleine de tristesse, le pilote reste l'œil fixé sur la seule étoile qui brille dans le ciel.

Scianca-Ferro ramena la duchesse à Paris ; de son côté, le duc, après avoir fait une pointe en Bresse, revint à Lyon, s'embarqua sur le Rhône, où il faillit périr dans une tempête ; et ayant pris terre à Avignon, il s'achemina vers Marseille, où l'attendait une troupe de seigneurs savoisiens que lui amenait André de Provins.

Cette brave troupe, composée de gentilshommes restés fidèles au duc, n'avait pas su, dans son impatience, attendre sur ses terres l'arrivée de leur souverain, elle accourait au-devant de lui, pressée qu'elle était de lui rendre hommage.

Au milieu des fêtes que donna Marseille au duc de Savoie, un souvenir royal vint chercher Emmanuel-Philibert : François II envoya à son oncle le collier de Saint-Michel.

Il est vrai que ce n'était pas un don bien précieux ; le roi de France venait de le donner un peu au hasard à dix-huit per—sonnes, parmi lesquelles il y en avait douze au moins d'un contestable mérite. Aussi l'appelait-on, dit l'historien où nous puisons ces détails, le collier *à toutes bêtes.*

Mais avec sa courtoisie ordinaire, Emmanuel le prit et le baisa en disant :

— Tout ce qui vient de mon neveu m'est cher; tout ce qui vient du roi de France m'est précieux.

Et il le mit à l'instant même à son cou près du collier de la Toison-d'Or pour indiquer qu'il ne faisait pas de différence entre les dons qui lui venaient du roi de France et ceux qui lui venaient du roi d'Espagne.

A Marseille, le duc s'embarqua pour Nice, Nice la seule ville qui lui fût restée quand il avait perdu toutes les autres, et que toutes les autres l'avaient abandonné.

Il est vrai que *Nice* veut dire victoire.

Aussi les écrivains du temps , beaux esprits s'il en fut, ne manquèrent-ils pas de
dire, qu'au milieu de tous ses malheurs, la
victoire était restée fidèle à Emmanuel-
Philibert.

Ce dût être une grande joie pour Emmanuel, homme et prince, et en même
temps un grand orgueil, de rentrer homme,
prince et triomphant dans le château
défendu par ce brave Montfort, dont les
armes étaient des pals et la devise : « Il
faut tenir » où il était entré faible, enfant
et fugitif.

Mais cette histoire, c'est celle des sen-

sations, et je ne sais pas d'historien assez
fort pour la raconter.

Ce fut là qu'il eut par les rapports des
fidèles serviteurs qu'il avait gardés en Piémont, en Bresse et en Savoie, un état
exact de la situation de ces trois provinces.

Le pays était en ruines.

Les provinces transalpines, enclavées
dans le territoire français, étaient entière-
ment ouvertes et coupées en deux par l'a-
panage des ducs de Nemours attachés à
la France.

C'était, au reste de la politique de François Ier.

François Ier, pour détacher de Charles III,
père d'Emmauuel, jusqu'à ses plus pro-
ches parents, attira près de lui Philippe,
frère cadet du prince, et dont l'apanage
embrassait presqu'une moitié de la Savoie;
puis, une fois à la cour de France, il le
maria à Charlotte d'Orléans et l'investit
du duché de Nemours.

On se rappelle avoir vu à Saint-Ger-
main Jacques de Nemours, fils de Philippe, et l'y avoir vu tout dévoué aux intérêts de la France.

D'un autre côté, les Béarnais et les Va-
laisiens contestaient à Emmanuel-Philibert tout ce qu'ils avaient enlevé à son
père sur les bords du lac Léman ; tout

cela soutenu par Genève, foyer d'hérésie et d'indépendance ; il était évident qu'il faudrait traiter avec eux.

En outre, le Piémont, la Bresse et la Savoie manquaient de places fortes, les Français ayant abattu celles qui les gê-naient et n'ayant que les citadelles des cinq villes où ils devaient tenir garnison, jusqu'à ce que la duchesse de Savoie fût accouchée d'un garçon ; c'étaient eux, en outre, qui avaient fixé les impôts et qui les avaient touchés ; la terre était donc anéantie, les meubles des maisons prin-cières dilapidés, et quant aux joyaux de sa couronne et à ceux qui lui apparte-naient personnellement, il y avait long-temps que le prince avait fait argent de ceux auxquels il ne tenait point, et avait remis aux mains des usuriers ceux auxquels il tenait et qu'il voulait reprendre un jour.

Pour faire face à cette pénurie, le duc revenait dans ses États avec cinq ou six cents mille écus d'or seulement, provenant de la dot de la princesse Marguerite et de la rançon de Montmorency et de d'Andelot.

Puis l'absence et le malheur, ces deux grands dissolvants de tous les devoirs, de tous les amours, de tous les dévoûments, avaient produit leur effet ordinaire. La noblesse, qui n'avait pas vu Emmanuel depuis son enfance, avait oublié son prince

et s'était habituée à vivre comme une espèce de confédération libre. Il en était
ainsi au quinzième et au seizième siècles,
même chez les souverains forts et ré-
gnants, à plus forte raison chez ceux qui,
impuissants à se protéger eux-mêmes, ne
pouvaient protéger et maintenir les autres.

C'était ainsi que Philippe de Commines,
par exemple, avait abandonné le duc de
Bourgogne, pour se donner à Louis XI,
que Tanneguy du Châtel et le vicomte de
Rohan, sujets du duc de Bourgogne, s'é-
taient donnés à la France, et qu'en échan-
ge, d'Urfé, sujet du roi de France, s'était
donné au duc de Bretagne.

Il y avait plus : la plupart de ces gen-

tilshommes, tout en restant savoyards,
étaient restés pensionnaires du roi François et du roi Philippe, et portaient l'é-
charpe de France et d'Espagne ; enfin,
comme une lèpre du cœur, l'ingratitude
avait gagné les grands, l'indifférence et
l'oubli étaient descendus chez les petits.

C'est que peu à peu les villes du Piémont s'étaient accoutumées à la présence
des Français. Les vainqueurs s'y étaient
montrés très modérés ; ils ne levaient de
contributions que ce qui était absolument
nécessaire, et n'imposant aucunes polices
locales, ils laissaient chacun vivre comme
il l'entendait. Comme la plupart des charges étaient vénales, les magistrats eux-
mêmes, pressés de rentrer dans le prix

de leurs charges, ne réprimaient pas ou ne réprimaient que bien faiblement une rapine dont euxmêmes donnaient l'exemple.

C'est ce qui fait dire à Brantôme :

« Du temps de Louis XI et de Fran-
» çois 1er, il n'y eut en Italie ni lieutenant
» de roi, ni gouverneur de province, qui
» ne méritât, après avoir demeuré deux
» ou trois ans dans sa charge, d'avoir la
» tête tranchée pour les concussions et
» les extorsions. L'État de Milan nous
» était paisible et assuré, sans l'avarice
» et grandes injustices qu'on y a commises
» et nous perdîmes tout. »

Il en résultait que tout ce qui était resté attaché au gouvernement de ses princes était dans l'obscurité ou l'oppression, puisque rester attaché à Emmanuel-Philibert, général des armées autrichienne, flamande, et espagnole contre la France, c'était naturellement regarder comme oppressive et ennemie l'occupation française.

Les quelques jours qu'Emmanuel-Philibert passa à Nice furent des jours de fête. Des enfants revoyant un père après une longue absence, un père revoyant des enfants qu'il croyait perdus, n'expriment pas leur joie et leur amour d'une façon plus tendre. Aussi Emmanuel-Philibert déposa-t-il dans le trésor de la forteresse

trois cent mille écus d'or, destinés à
relever les remparts de la ville et à fonder, sur cette crète rocheuse qui sépare le
port de Villefranche de celui de Leinpia,
le château de Montalban, appelé le mo-
dèle en relief d'une citadelle.

Puis il partit pour Coni, la ville qui,
avec Nice, lui avait été la plus fidèle, et
qui, manquant d'artillerie, en avait fondu
à ses frais pour se garder à son prince.

Emmanuel la récompensa en écartelant
son blason de la croix blanche de Savoie,
et en permettant que ses habitants au lieu
du titre de bourgeois, portassent celui de
citoyens.

Une autre préoccupation des plus gra-

ves, le tenait encore : de même que la
France avait ses huguenots qui allaient
donner de graves secousses aux trônes de
François II et de Charles IX, Emmanuel
avait les religionnaires et les Piémontais.

Genève, dès 1535, avait adopté le luthé-
ranisme, et était devenu peu de temps
après le chef-lieu des disciples de Calvin.

Mais c'était depuis le dixième siècle que
l'Israël des Alpes existait.

En effet, vers le milieu de ce dixième
siècle du Christ, que les traditions disaient
devoir être le dernier du monde, lorsque
la moitié de ce monde jetait un grand cri
de terreur à l'approche de l'agonie uni-

verselle, quelques familles chrétiennes,
tirant leur origine des Pautiliens, secte
détachée des Manichéens, et venant d'O-
rient, s'étaient répandues en Italie, où
elles avaient laissé leur trace sous le nom
de Paterini, dont nous avons fait *Patacini*,
et avaient pénétré dans les vallées de
Pragelas, de Luzerne et de Saint-Martin.

Là, dans ces gorges reculées, elles s'é-
taient implantées comme des fleurs sauvages et vivaient, simples, ignorées, dans
les gerçures de leurs rochers, qu'elles
croyaient inaccessibles. Leur âme était
libre comme l'oiseau qui fend la nue du
ciel. Leur conscience était blanche comme
la neige, qui couvrait le mont Rosa et le
mont Viro, ces frères européens du Tha-

bor et du Sinaï. Elles ne reconnaissaient
pour fondateur aucun des hérésiarques
modernes. Elles prétendaient que les doctrines de la primitive Eglise s'étaient con-
servées parmi elles dans toute leur pureté.
L'arche du Seigneur, disaient-elles, se re-
posait sur les montagnes qu'elles habi-
taient, et pendant que l'Église romaine
était submergée par un déluge d'erreurs,
parmi elles seulement le flambeau sacré
était resté allumé. Aussi ces chrétiens ne
s'intitulaient-ils pas réformés, mais réformateurs.

Les doctrines que professaient les
membres de cette secte avaient attiré sur
eux les rigueurs d'une institution toute
nouvelle, et qu'on appelait l'inquisition.

Les égorgements et les bûchers avaient
duré quatre siècles ; car c'étaient d'eux
que les Albigeois en Languedoc, les Hus-
sites en Bohême, les Vaudois dans la
Pouille, tiraient leur origine.

Mais rien n'avait pu ralentir chez eux,
nous ne dirons pas même la foi, mais
l'esprit de prosélytisme. Leurs mission-
naires voyageaient sans cesse, non seulement pour visiter les Églises naissantes,
mais pour en fonder de nouvelles.

Leurs principaux apôtres étaient d'a-
bord Valdo, de Lyon, qui leur avait donné
le nom de Vaudois ; puis le fameux Be-
rangeaire, puis un Ludovico Pascale, prédicateur en Calabre ; puis un Giovani, de

Luzerne, prédicateur à Gênes ; puis enfin plusieurs frères du nom de Moline, envoyés pour catéchiser en Bohème, en Hongrie, en Dalmatie.

Les princes de Savoie ne virent d'abord dans les Vaudois qu'une peuplade isolée, inoffensive, peu nombreuse, aux mœurs douces, à la doctrine pure.

Mais lorsqu'arrivèrent ces grands remueurs d'idées, ces grands bouleversateurs du monde que l'on appela Luther et Calvin, et que les Vaudois se furent réunis à eux, ils cessèrent d'être une secte dans l'Église, et devinrent un parti dans l'État.

Pendant les malheurs de Charles III, ils s'étaient répandus dans toutes les vallées voisines des vallées de Pragelas, de Luzerne et de Saint-Martin, et avaient gagné un grand nombre de partisans dans la plaine et même dans les villes du Piémont à Chiusi, Avignon et même à Turin. Aussi, François Ier, avait-il ordonné, au sénat de Turin, de sévir contre eux avec toute la rigueur des lois, et à ses commandants militaires de seconder l'inquisition pour forcer les Vaudois à entendre la messe ou à quitter le pays. Cette persécution s'était prolongée sous Henri II.

La plus grande fermentation régnait donc dans les vallées vaudoises, lorsque

Emmanuel-Philibert arriva le 10 novembre, à Verceil, l'un des châteaux où s'é-
tait, on se le rappelle, écoulée son enfance.

XIX

Le 17 novembre.

Le 17 novembre au matin, un cavalier
enveloppé d'un grand manteau, descendait de la porte d'une petite maison d'O-
leggio et recevait dans ses bras une
femme à demi-évanouie de joie et de bonheur.

Le cavalier, c'était Emmanuel-Philibert.

La femme, c'était Leona.

Quoique cinq mois à peine se fussent
écoulés depuis qu'Emmanuel - Philibert
avait quitté Leona à Ecouen; il s'était
fait dans celle-ci un immense changement.

Ce changement était celui qui s'opérerait dans une fleur qui, habituée à l'air
et au soleil, serait transportée tout à coup
à l'ombre; celui qui s'opérerait dans un
oiseau, libre musicien des airs, que,
tout à coup, on enfermerait dans une
cage.

La fleur perdrait ses couleurs, l'oiseau son chant.

Les joues de Leona avaient pâli.

Son œil était devenu triste, sa voix grave.

Le premier moment donné au bonheur de se revoir, les premières paroles échangées avec les folles prodigalités de la joie, Emmanuel regarda la jeune femme avec inquiétude.

La main de la douleur s'était posée sur ce visage et y avait laissé sa fatale empreinte.

Elle sourit en voyant le regard interrogateur de son amant.

— Je vois bien ce que tu cherches, mon bien-aimé Emmanuel, dit Leona. Tu cherches le page du duc de Savoie, le joyeux compagnon de Nice et d'Hesdin, tu cherches le pauvre Leone.

Emmanuel poussa un soupir.

— Celui-là, continua-t-elle avec un sourire d'une profonde mélancolie, il est mort, et tu ne le reverras plus; mais il reste sa sœur Leona, à laquelle il a légué l'amour et le dévoûment qu'il avait pour toi.

— Oh! que m'importe! s'écria Emma-

nuel. C'est Leona que j'aime ! c'est Leona
que j'aimerai toujours !

— Aime-la bien vite et bien tendremènt
alors, dit la jeune femme avec un accent
de profonde mélancolie.

— Et pourquoi cela ? demanda Emmanuel.

— Mon père est mort jeune, reprit
celle-ci ; ma mère est morte jeune ; et moi,
dans un an, j'aurai atteint l'âge de ma
mère.

Emmanuel la pressa en frissonnant
contre son cœur ; puis, d'une voix alté-
rée :

—Mais que dis-tu donc là, Leona? demanda-t-il.

— Rien de bien effrayant, mon ami, maintenant que je suis sûre que Dieu permet aux morts de veiller sur les vivants.

—Je ne te comprends pas, Leona, dit Emmanuel, qui commençait à s'inquiéter de la profonde rêverie empreinte dans le regard de la jeune femme.

— Combien as-tu d'heures à me donner, mon bien-aimé? demanda Leona.

— Oh! tout le jour et toute la nuit. N'est-il pas convenu qu'une fois par an, pendant vingt-quatre heures, tu m'appartiens?

— Oui. Eh bien ! à demain ce que j'ai à te dire. D'ici là, mon bien-aimé, revivons dans le passé.

Puis avec un soupir :

— Hélas ! ajouta-t-elle, le passé est mon avenir, à moi.

Et elle fit signe à Emmanuel de la suivre.

A peine établie au village d'Oleggio, dans cette maison qu'elle avait achetée et qu'elle avait érigée plutôt en tabernacle que meublée en maison, elle était encore inconnue de tout le monde.

Emmanuel-Philibert, qui n'était pas revenu en Piémont depuis son enfance, y était encore plus inconnu qu'elle.

Les paysans regardèrent donc passer ce beau jeune homme de trente ans à peine et cette belle jeune femme qui en paraissait vingt-cinq à peine, sans se douter qu'ils voyaient passer ensemble et le prince qui tenait le bonheur du pays dans ses mains et celle qui tenait dans ses mains le cœur du prince.

Où allaient-ils ?

C'était Leona qui conduisait Emmanuel.

De temps en temps Leona s'arrêtait, s'approchait d'un groupe.

— Ecoute, disait-elle à Emmanuel.

Puis elle demandait aux paysans :

— De quoi parlez-vous, mes amis ?

Et ceux-ci répondaient :

— De quoi voulez-vous que nous parlions, ma belle dame, si ce n'est du retour de notre prince dans ses États ?

Alors Emmanuel se mêlait à la conversation.

— Que pensez-vous de lui? demanda-t-il.

— Que voulez-vous que nous en pensions? disaient les paysans; nous ne le connaissons pas.

— Vous le connaissez de renommée, disait Leona.

— Oui, comme un brave capitaine; mais que nous importent les braves capitaines, à nous! Ce sont les braves capitaines qui, pour soutenir leur réputation, se font la guerre. Et la guerre, c'est la stérilité de nos champs, la dépopulation de nos villages, le deuil de nos filles et **de nos femmes.**

Et Leona regardait Emmanuel d'un œil plein de prières.

— Tu entends? murmurait-elle.

— Ainsi, ce que vous désirez que vous ramène votre prince, braves gens? demandait Emmanuel...

— C'est l'absence de l'étranger, c'est la paix, c'est la justice.

— Au nom du duc, disait alors Leona, je vous promets tout cela, car le duc Emmanuel-Philibert est non-seulement, comme vous le disiez, un grand capitaine, mais un grand cœur.

— Alors, criaient les paysans : Vive

notre jeune duc Emmanuel - Philibert !

Et le prince serrait Leona contre sa poitrine, car, pareille à une autre Egérie, elle faisait connaître à cet autre Numa, les véritables désirs du peuple.

— Oh ! lui disait-il, ma bien-aimée Leona, que ne puis-je ainsi avec toi faire le tour de mes États !

Et Leona souriait tristement.

— Je serai toujours avec toi, murmurait-elle.

Puis, si bas, qu'elle seule et Dieu pouvaient l'entendre :

— Et bien plus encore, ajoutait-elle,
plus tard que maintenant.

Ils sortirent du village.

— J'aurais voulu, mon bien-aimé, dit
Leona, te conduire où nous allons par
un chemin tout de fleurs ; mais tu le
vois, le ciel et la terre rappellent à eux
deux l'anniversaire que nous fêtons aujourd'hui : la terre est triste et dépouillée,
elle représente la mort ; le soleil est brillant et doux, il représente la vie, la mort
qui n'est que passagère comme l'hiver,
la vie qui est éternelle comme le soleil.
Reconnais-tu la place, mon bien-aimé,
où tout ensemble tu as trouvé la mort et
la vie ?

Emmanuel - Philibert regarda autour
de lui et jeta un cri : il reconnaissait
l'endroit où il avait, vingt-cinq ans
auparavant, trouvé près d'un ruisseau
une femme morte et un enfant presque
mort.

— Oui, dit Leona en souriant, c'est bien
ici.

Emmanuel prit son poignard, coupa
une branche de saule et la planta juste à
l'endroit où était couchée la mère de
Leona.

— Là, dit-il, s'élèvera une chapelle à
la Vierge des miséricordes...

— Et à la Mère des douleurs, ajouta Leona.

Leona se mit à cueillir au bord du ruisseau quelques tardives fleurs d'automne, tandis qu'Emmanuel-Philibert, grave et rêveur, appuyé au saule dont il avait coupé une branche, voyait repasser devant lui sa vie tout entière.

— Oh ! dit-il tout à coup en attirant Leona à lui et en la pressant contre sa poitrine, c'est toi qui as été l'ange visible, qui as traversé les âpres chemins que j'ai suivis, m'as conduit pendant vingt-cinq ans de ce point d'où je suis parti à ce point où je reviens.

— Et moi, reprit Leona, je te jure ici,

ô mon bien-aimé duc, de continuer dans
le monde des esprits la mission que j'a-
vais reçue de Dieu dans le monde des
hommes.

Emmanuel regarda la jeune femme
avec cette inquiétude qu'il avait déjà ex-
primée en la voyant.

Leona, la main étendue, ainsi pâle-
ment éclairée par ce mourant soleil d'automne, semblait déjà bien plus une ombre
qu'une créature vivante.

Emmanuel baissa la tête et poussa un
soupir.

— Ah! tu commences enfin à me com-

prendre, dit Leona : ne pouvant plus être
à toi, n'ayant plus la force de demeurer
en ce monde, je ne pouvais plus être qu'à
Dieu.

— Leona! Leona! s'écria Emmanuel,
ce n'était pas cela que tu m'avais promis à
Bruxelles et à Ecouen.

— Oh! dit Leona, je te tiens bien plus
que je ne t'ai promis, mon bien-aimé duc.
Je t'avais promis de te revoir et d'être à
toi une fois par an, et voilà que je trouve
que ce n'est plus assez, et qu'à force
de prières j'ai obtenu de Dieu de mourir
bien vite afin de ne plus te quitter du
tout.

Emmanuel frissonna comme si, au lieu

de ces paroles qui venaient de frapper son oreille, c'eût été l'aile de la mort elle-même qui eût effleuré son cœur.

—Mourir, mourir, dit-il; mais sais-tu donc ce qu'il y a de l'autre côté de la vie? es-tu descendue, comme Dante Alighieri de Florence, dans ce grand mystère de la tombe pour parler ainsi de mourir?

Leona sourit.

— Je ne suis pas descendue dans la tombe comme Dante Alighieri de Florence, dit-elle; mais un ange en est sorti, qui a conversé avec moi des choses de la mort et de la vie.

—Mon Dieu! Leona, s'écria Emmanuel en regardant la jeune femme d'un œil où se peignait un commencement d'effroi, es-tu bien sûre d'avoir toute ta raison ?

Leona sourit ; on sentait en elle la douce et profonde sécurité de la conviction.

— J'ai revu ma mère, dit-elle.

Emmanuel éloigna Leona de lui, mais sans la quitter des mains, et la regardant d'un œil de plus en plus étonné :

— Ta mère ? s'écria-t-il.

— Oui, ma mère, dit Leona avec une tranquillité qui fit passer un frisson dans les veines de son amant.

— Et quand cela? demanda Emmanuel.

— Pendant la nuit dernière.

— Et où l'as-tu revue? demanda Emmanuel; à quelle heure l'as-tu revue?

— A minuit, près de mon lit.

— Tu l'as vue? insista le prince.

— Oui, répondit Leona.

— Elle t'a parlé?

— Elle m'a parlé.

Le prince essuya d'une main la sueur qui perlait sur son front, et de l'autre serra Leona contre son cœur, comme pour s'assurer que c'était bien un être vivant, et non un fantôme, qu'il avait devant les yeux.

— Oh ! répète-moi cela, ma chère enfant, reprit-il ; dis-moi ce que tu as vu, dis-moi ce qui s'est passé.

— D'abord, continua Leona, depuis que je t'ai quitté, mon bien-aimé Emmanuel, chaque nuit j'ai rêvé des deux seules personnes que j'aie aimées au monde, de toi et de ma mère.

— Leona ! dit le prince en appuyant ses lèvres au front de Leona.

— Mon frère; répondit celle-ci, comme

pour donner au baiser qu'elle venait de recevoir toute la chasteté d'une étreinte fraternelle.

Celui-ci hésita un instant.

Puis d'une voix étouffée :

— Eh bien ! oui, ma sœur, dit-il.

— Merci, dit Leona avec un divin sourire ; oh ! maintenant je suis bien sûre de ne jamais plus te quitter.

Et d'elle-même, une seconde fois, elle donna son front à baiser au prince, qui, cette fois, ne fit plus qu'y appuyer le sien.

— Je te disais donc, cher bien-aimé, que chaque nuit, depuis le jour d'Écouen, j'avais rêvé de toi et de ma mère, mais tout cela n'était qu'un rêve, et la nuit dernière seulement j'eus la vision.

— Voyons, parle, j'écoute.

— Je dormais ; je fus éveillée par une impression glacée ; je rouvris les yeux. Je vis une femme vêtue de blanc et voilée, et je reconnus ma mère.

— Leona ! Leona ! es-tu donc bien sûre de ce que tu dis ? demanda le duc.

Leona sourit.

— J'étendis les deux bras comme pour

l'embrasser, reprit-elle ; mais elle fit un signe, et mes bras retombèrent inertes à mes côtés.

J'étais enchaînée sur mon lit : on eût dit que mes yeux seuls vivaient ; mes yeux étaient fixés sur le fantôme, et ma bouche murmurait :

— Ma mère !

Emmanuel fit un mouvement.

— Oh ! je n'avais pas peur, dit Leona, j'étais heureuse.

— Et tu dis, Leona, que le fantôme t'a parlé ?

— Ma fille, ma-t-il dit, ce n'est point
la première fois que Dieu permet que je
te revoie depuis ma mort, et souvent, dans
ton sommeil, tu as dû me sentir près de
toi, car souvent je suis venue, me glissant
entre tes rideaux comme je suis là, pour
te regarder ; mais c'est la première fois
que Dieu permet que je te parle.

— Parlez, ma mère, lui répondis-je,
j'écoute.

— Ma fille, continua le fantôme, en
faveur de la croix blanche de Savoie, à
laquelle tu as sacrifié ton amour, non-
seulement Dieu te pardonne, mais encore il permet qu'à chaque grand danger

qui menacera le duc tu lui en donnes avis.

Le duc regarda Leona avec doute.

— Demain, continua Leona, quand le duc viendra te voir, tu lui diras de quelle sainte mission le Seigneur te charge; puis, comme il doutera, car le fantôme avait prévu que tu douterais, mon bien-aimé duc...

— En effet, Leona, reprit Emmanuel, ce que tu me dis là est assez extraordinaire pour qu'il soit permis de douter.

— Puis, comme il doutera, reprit le fantôme, tu lui diras qu'à l'heure même où un oiseau viendra se poser sur la branche de saule qu'il aura coupée et chantera, c'est-à-dire le 17 novembre, à trois heures de l'après-midi, Scianca-Ferro arrivera à Verceil, porteur d'une lettre de la duchesse Marguerite ; alors il sera bien forcé de croire.

Puis le fantôme baissa son voile en murmurant :

— Adieu, ma fille, tu me reverras quand il sera temps.

Et il s'évanouit.

— Voilà, mon bien-aimé duc, ce que j'avais à te dire.

A peine Leona avait-elle cessé de parler, qu'un oiseau inconnu, qui semblait s'abattre du ciel, se posa sur la branche de saule coupée par le duc et plantée en terre, et se mit à chanter mélodieusement.

Leona sourit.

— Tu vois, mon duc, dit-elle; en ce moment Scianca-Ferro entre à Verceil, où tu le trouveras demain.

— En vérité, dit Emmanuel, si ce que tu me dis est vrai, Leona, il y aura miracle.

— Et alors, me croiras-tu ?

— Oui.

— Feras-tu, dans l'occasion, ce que je te dirai ?

— Ce serait un sacrilége de ne pas t'obéir, Leona, car tu viendras de la part de Dieu.

— Voilà tout ce que j'avais à te dire, mon ami ; rentrons, dit Leona.

— Pauvre enfant, murmura le duc, il n'est point étonnant que tu sois si pâle, ayant reçu le baiser d'une morte.

Le lendemain, en rentrant au château de Verceil, Emmanuel-Philibert trouva Scïanca-Ferro qui l'attendait.

Il était entré la veille dans la grande cour au moment où trois heures sonnaient.

Il apportait une lettre de la duchesse.

XX

Les morts savent tout.

La lettre de la princesse Marguerite était accompagnée d'une somme de trois cent mille écus.

Le maréchal de Bourdillon, qui sans doute agissait selon les ordres secrets

qu'il recevait du duc de Guise, refusait
de quitter ses garnisons, si ses hommes
n'étaient pas payés d'un arriéré de solde.

Voyant que les Français n'évacuaient
pas le Piémont aussi rapidement qu'ils
s'y étaient obligés, le duc avait écrit au
roi François II en chargeant la princesse
Marguerite de transmettre sa lettre à son
neveu.

Le roi François II, soufflé par les Guises,
avait répondu que les soldats ne voulaient
point quitter le Piémont sans être payés
d'une somme de cent mille écus qui leur
était due.

— Or, disait la bonne princesse Mar-

guerite, comme il est incontestable que
c'est à la France et non pas à nous à payer
les soldats français, je vous envoie, mon
bien-aimé maître et seigneur, cette somme
de cent mille écus, prix de mes joyaux de
jeune fille, et qui me venaient en grande
partie des dons de mon père François Ier.
Et par ainsi, ajoutait-elle, ce sera la
France qui paiera et non pas vous.

Les troupes françaises furent soldées,
et il ne resta plus de garnison que dans
les quatre villes réservées, Turin, Chiva,
Chieti et Villeneuve–d'Asti.

Puis Emmanuel revint à Nice avec
Scianca-Ferro, lequel ne fit qu'y toucher
barre, et retourna aussitôt à Paris, pren-

dre son poste près de la princesse Marguerite.

La princesse ne devait venir dans les
États du duc que quand toute trace de
désordre en serait effacée.

Peut-être, un peu ingrat envers elle,
par amour pour Leona, le duc ne mettait-
il pas à revoir cette excellente princesse
tout l'empressement qu'elle méritait.

Le duc n'en procéda pas moins à la
complète réorganisation de ses États.

Il commença par faire la part de la fidélité, de l'oubli et de l'ingratitude.

Un grand nombre de ses sujets s'était
jeté dans le parti français.

Un nombre moindre s'était tenu à l'écart chez eux, demeurant passivement fidèle au duc.

Enfin, un petit nombre était resté constant à sa mauvaise fortune, et avait pris une part active à ses intérêts.

Il avança ces derniers en charges et en honneurs.

Il pardonna aux seconds leur faiblesse, et leur fit bon visage, leur rendant même service quand l'occasion s'en présentait.

Quant aux derniers, il ne leur fit ni bien ni mal, mais les laissa éloignés des affaires, disant :

— Je n'ai point de raison de me fier à eux dans ma prospérité, puisqu'ils m'ont abandonné dans ma disgrâce.

Puis il se rappela que les paysans d'O-leggio lui avaient demandé des magistrats qui leur rendissent la justice au lieu de la leur vendre.

En conséquence, il mit à la tête de l'ordre judiciaire Thomas de Langusque, comte de Stropianz, magistrat célèbre à la fois par son intégrité et pas sa profonde science des lois.

En outre, deux sénats remplacèrent à la fois et les anciens conseils de justice et es parlements établis par l'occupation française.

Or, sur le versant occidental des Alpes, existait ce proverbe :

Dieu nous préserve de l'équité du parlement.

Et ce proverbe, comme avaient fait Annibal et Charlemagne, et comme devait faire plus tard Napoléon, avait passé des Alpes occidentales aux Alpes orientales.

La paix fut plus longue à rétablir que la justice.

Nous avons parlé des deux causes de guerre, guerre territoriale et guerre religieuse, qui existaient au sein même de la Savoie.

Guerre territoriale avec la confédération helvétique qui s'était emparée du pays de Vaud, du comté de Romont, de Gex et du Chablais.

Emmanuel-Philibert consentit à céder toute la rive droite du lac Leman aux Bernois, à la condition qu'on lui rendrait le Chablais, le pays de Gex et les bailliages de Termer et de Gaillard.

La paix fut arrêtée sur ces bases.

Guerres religieuses avec les réformateurs

des vallées de Pragetas, de Luzerne et de Saint-Martin.

Nous avons dit que l'alliance de ces derniers avec les calvinistes de Genève et avec les luthériens d'Allemagne en avait fait une puissance.

Emmanuel-Philibert envoya contre eux le bâtard d'Achaïe.

Celui-ci pénétra dans les vallées avec une armée de quatre ou cinq mille hommes. On pensait que c'était bien assez pour réduire une population inhabile aux armes, et qui n'avait que les instruments avec lesquels elle labourait ses champs.

Mais tout devient arme à qui veut véri-
tablement défendre la double liberté du
corps et de l'âme.

Les hommes cachèrent les femmes, les
vieillards et les enfants dans des cavernes
connues d'eux seuls. Dans l'attente d'une
invasion, ils avaient reçu de leurs frères
de Genève des quantités considérables de
poudre. Au-dessus de toutes les routes que
devaient suivre les catholiques, on mina
les rochers. A peine engagés dans les dé-
filés, les envahisseurs entendaient gron-
der, au-dessus de leurs têtes, un tonnerre
plus terrible que celui du ciel, une foudre
qui tombait à chaque éclair; les montagnes tremblaient sous ces détonations; les
rochers, arrachés de leurs bases, sem-

blaient d'abord remonter vers les nuages,
puis ils retombaient entiers ou en éclats,
roulaient aux versants des montagnes en
avalanches de granit, et venaient frapper
des hommes qui, lorsqu'ils allaient chercher leurs adversaires, ne voyaient que
des aigles effrayés qui planaient dans le
ciel.

Cette guerre dura près d'un an.

Enfin, Vaudois et catholiques, lassés, en
vinrent à des paroles de paix ; peut-être
aussi Emmanuel-Philibert n'avait-il voulu
donner qu'un gage de son désir de termi-
ner l'hérésie aux Guise et à Philippe II.

Le résultat des conférences fut que les

Vaudois renverraient leurs barbas les plus
turbulents — c'était le nom que les religionnaires des montagnes donnaient à
leurs prêtres à cause des longues barbes
qu'ils portaient — et que, ceux-ci ren-
voyés, les habitants auraient le droit
d'exercer leurs culte aux lieux où de
temps immémorial ils l'avaient exercé.

Seulement, comme une population catholique existait aussi dans la vallée, et
quoiqu'en nombre inférieur, avait droit
aussi à la liberté de son culte, on désigna
deux villages où la messe serait célébrée.

Les prêtres religionnaires firent leurs
adieux à leurs familles, et de peur de soulèvement parmi les populations, si l'on

voyait en eux des exilés, partirent sous les costumes de pâtres et de muletiers.

Eux partis, Emmanuel-Philibert, aux issues des vallées, fit construire les châteaux-forts de la Peyrouse, du Villars et de la Tour.

Toutes choses pacifiées dans son duché, il écrivit à la duchesse de venir le rejoindre à Nice.

Puis, comme on était au 12 novembre de l'année 1560, il partit pour son château de Verceil.

Le 17 au matin, il était à Oleggio.

C'était, depuis son mariage, le second anniversaire de sa visite à Leona.

Leona l'attendait, comme la première année, sur le seuil de la petite maison.

Il y avait dans ces deux cœurs, dans ce chaste amour, une telle communion de pensées, qu'Emmanuel n'avait pas l'idée de manquer à ce rendez-vous ; que Leona n'avait point l'idée qu'Emmanuel pût y manquer.

Du plus loin qu'il aperçut Leona l'attendant, Emmanuel mit son cheval au galop, heureux de la revoir, tremblant de la retrouver plus pâle et plus proche de la tombe que la dernière fois.

On eût dit que Leona avait prévu l'impression que son visage pouvait faire sur son amant.

Elle l'attendait, le visage couvert d'un voile.

Emmanuel frissonna en l'apercevant ; elle avait l'air elle-même de cette ombre voilée dont elle lui avait raconté l'apparition à son dernier voyage.

Emmanuel leva le voile d'une main tremblante, et deux larmes silencieuses jaillirent de ses yeux.

La peau de Leona avait pris la blancheur d'un marbre de Paros.

Son regard semblait une flamme prête à s'éteindre.

Sa voix un souffle près d'expirer.

Elle faisait évidemment un effort pour vivre.

Une légère rougeur passa sur les joues de la jeune femme en revoyant son bien-aimé duc.

Son cœur vivait toujours, et chacun de ses battements disait encore : Je t'aime!

Une collation attendait Emmanuel, mais Leona n'y prit point part.

Elle semblait déjà soustraite aux besoins et aux faiblesses de ce monde.

Après le déjeûner, elle prit le bras d'Emmanuel et tous deux recommencè-

rent à travers le village la promenade
qu'ils avaient faite un an auparavant.

Cette fois, on ne voyait plus sur les
places ces groupes inquiets s'interrogeant
sur les qualités ou les défauts de leur
duc.

Un an s'était écoulé, et cette année avait
réussi à le faire connaître.

A part cette guerre circonscrite dans
les trois vallées et qui n'avait pas eu de
retentissement au dehors, la paix avait
fait son œuvre maternelle.

Les garnisons françaises avaient quitté
les villes qu'elles ruinaient depuis vingt-
trois-ans.

La justice était impartialement rendue aux grands comme aux petis.

Aussi chacun était-il à son travail, laboureur aux champs, industriel à son atelier.

On bénissait le duc, et l'on n'exprimait plus qu'un vœu :

C'est que la princesse Marguerite donnât un héritier au trône de Savoie.

A chaque fois que ce vœu était prononcé devant ces deux promeneurs étrangers et inconnus, Emmanuel tressaillait et regardait Leona.

Leona souriait et répondait pour le duc.

— Dieu, qui nous a rendu notre souverain bien-aimé, n'abandonnera point la
Savoie.

Au bout du village, Leona prit le chemin qu'elle avait suivi l'année précédente;
et, au bout d'un quart d'heure de marche,
tous deux se trouvèrent en face de la petite chapelle qui s'élevait à la place où le
duc avait, un an auparavant, planté une
branche de saule, et où l'oiseau inconnu
avait chanté son chant merveilleux.

C'était une de ces petites chapelles du
seizième siècle, si élégantes de construction, si élancées de forme.

Elle était de ce charmant granit rose

que l'on trouve dans les montagnes du
Tessin.

Dans une niche dorée, une vierge d'argent présentait aux passants son divin fils,
qui bénissait, la main droite étendue.

Emmanuel, pieux comme un chevalier
du temps des croisades, s'agenouilla et fit
sa prière.

Pendant le temps qu'elle dura, Leona
se tint debout près de lui, la main appuyée
sur sa tête.

Puis, lorsqu'il eut fini :

—Mon bien-aimé duc, dit-elle, vous
m'avez promis, vous m'avez juré même,

il y a un an, à cette place, si, comme je vous le disais, vous retrouviez, à votre retour au château de Verceil, Scianca-Ferro porteur d'une lettre de la princesse Marguerite, vous m'avez promis de croire désormais à ce que je vous dirais, si étranges que vous parussent mes paroles, et de croire à mes avis, si obscurs qu'ils fussent.

— Oui, je t'ai promis cela, dit le duc, sois tranquille, je m'en souviens.

— Scianca-Ferro était-il à Verceil?

— Il y était.

— Y était-il arrivé à l'heure que j'avais dite?

VIII   6

— A trois heures sonnant il était entré dans la cour.

— Était-il porteur d'une lettre de la princesse Marguerite ?

— Cette lettre est la première chose qu'il m'a donnée en me voyant.

— Tu es donc prêt à suivre mes conseils sans les discuter ?

— Je crois, ma Leona, quand tu me parles, que c'est cette vierge elle-même dont je viens d'adorer l'image, qui me parle par ta bouche.

— Eh bien ! écoute donc : J'ai revu ma mère.

Philibert tressaillit, comme il avait fait la première fois, lorsque, un an auparavant, Leona avait prononcé les mêmes paroles.

— Et quand cela? demanda-t-il.

— La nuit dernière.

— Et... que t'a-t-elle dit? demanda le duc, se reprenant malgré lui à douter.

Leona sourit.

— Allons, dit-elle, voilà encore que tu doutes.

— Non, dit le duc.

— Cette fois donc, je commencerai par la preuve.

Emmanuel écouta.

— Avant de partir pour Verceil, tu as écrit à la princesse Marguerite de venir te rejoindre.

— C'est vrai, répondit Emmanuel en regardant Leona d'un œil étonné.

— Tu lui disais dans ta lettre que tu l'attendrais à Nice, où elle viendrait par mer de Marseille.

— Tu sais cela? demanda le duc.

— Tu ajoutais que de Nice tu la conduirais à Turin en suivant le littoral de la mer par San-Remo et Albenga.

— Mon Dieu ! murmura Emmanuel.

— Puis que de la, par la belle vallée de
de la Bormida, par Cherasco et Asti, tu la
conduirais à Turin.

— C'est vrai, Leona ; mais personne que
moi ne connaît le contenu de cette lettre ;
elle est partie pour Paris par un courrier
dont je suis sûr.

Leona sourit.

— Ne t'ai-je point dit que, cette nuit,
j'avais revu ma mère ?

— Eh bien !

— Les morts savent tout, Emmanuel.

Le duc, en proie à une terreur invo-
lontaire, passa son mouchoir sur son
front couvert de sueur.

— Il faut te croire, murmura-t-il. Après !

— Eh bien ! mon cher duc, voici ce que
m'a dit ma mère :

« Tu verras demain le duc, tu lui diras
de partir pendant la nuit avec la duchesse
Marguerite par Tenda et Cuneo, et de faire
suivre la route de la mer à une litière vide
escortée de Scianca-Ferro et de cent hommes bien armés. »

Emmanuel regarda Leona d'un œil interrogateur.

-- Il y va du salut de la Savoie, continua Leona.

Voilà ce que m'a dit ma mère, Emmanuel, et voilà ce que ce que je te dis, moi.

Tu as promis, tu as fait plus que de promettre, tu as juré de suivre mes avis, mon duc : jure-moi donc que tu passeras avec la duchesse par Tenda et Cuneo, tandis que Scianca-Ferro, avec une litière vide et cent hommes bien armés, suivra le littoral de la mer.

Emmanuel eut un moment d'hésitation, sa raison comme homme, son orgueil comme soldat, combattaient la promesse faite ; la parole donnée.

— Emmanuel, murmura Leona en secouant mélancoliquement la tête, qui
sait? c'est peut-être la dernière chose que
je te demande !

Emmanuel étendit la main vers la chapelle et jura.

XXI

La route de San Remo à Albenga.

Emmanuel-Philibert avait donné rendez-vous à Nice à la princesse Marguerite, d'abord pour récompenser d'une nouvelle faveur sa fidèle ville.

Puis ensuite, comme le voyage de

princesse devait se faire au mois de janvier, il voulait lui montrer son duché par
sa face riante, par le printemps éternel de
Nice et d'Oneglia.

En effet, la duchesse Marguerite arriva
vers le 15 janvier, et aborda dans le port
de Villefranche ; elle avait été longuement
retardée par les fêtes qu'on lui avait don-
nées à Marseille.

Marseille l'avait fêtée à la fois, et comme
la tante du roi Charles IX, alors régnant,
et comme duchesse de Savoie ; sous ces
deux aspects, la vieille ville phocéenne lui
avait rendu mille honneurs.

Le duc et la duchesse restèrent quatre
mois à Nice.

Le duc employa ce temps à activer la construction des galères qu'il avait commandées. Un corsaire calabrais, renégat chrétien, qui s'était fait musulman, nommé Occhiali, avait fait des descentes en Corse et sur les côtes de Toscane.

On prétendait même avoir vu un vaisseau suspect dans les eaux de la rivière de Gênes.

Enfin vers le commencement de mars, avec les premiers souffles de ce tiède printemps italien qui caresse si doucement les poitrines fatiguées, il décida qu'il partirait.

L'itinéraire du voyage était connu d'avance.

Le cortége royal suivait ce que l'on appelait la rivière de Gênes, c'est-à-dire le littoral de la mer.

Le duc et la duchesse, le duc à cheval, la duchesse en litière, passaient par San-Remo et Albenga, où des relais de chevaux furent préparés d'avance.

Le départ fut fixé au 15 mai.

Au point du jour, le cortége se mit en route, le duc à cheval, visière baissée, armé en guerre, chevauchant près de la litière, dont les rideaux étaient tirés.

Cinquante hommes armés marchant devant, cinquante hommes armés marchant derrière.

La première nuit on s'arrêta à San-Remo.

Le lendemain, au point du jour, on se remit en route.

On fit halte à Oneglia pour déjeûner.

Mais la duchesse ne voulut pas descendre de sa litière, où le duc lui-même lui porta du pain, du vin et quelques fruits ; le duc mangea sans se désarmer, en levant seulement la visière de son casque.

Vers midi, la cavalcade se remit en route.

Un peu au-delà de Porto-Maurizio, la route se resserre entre deux montagnes, on perd de vue la mer et l'on se trouve dans un étroit défilé, hérissé à droite et à gauche de rochers.

Lieu propre à une embuscade, s'il en fut.

Le duc envoya vingt hommes en avant.

C'était un surcroît de précaution, car, en temps de paix, que pouvait-on avoir à craindre ?

Aussi les vingt hommes passèrent-ils sans être inquiétés.

Le reste de la troupe s'engagea dans le défilé.

Mais au moment où le duc, toujours près de la lisière, venait de s'y engager à son tour, une arquebusade terrible retentit, dirigée particulièrement sur le duc et sur la litière : le cheval du duc fut blessé, un des chevaux de la litière tomba mort, et une faible plainte passa comme un souffle à travers les rideaux.

En même temps des cris sauvages se firent entendre, et l'on se trouva assailli par une troupe d'hommes aux costumes mauresques.

On était tombé dans une embuscade de pirates.

Le duc allait courir à la litière, quand un des assaillants monté sur un magnifique cheval arabe et couvert des pieds à la tête d'une côte de mailles turque s'élança directement sur lui en criant :

— A moi, duc Philibert, tu ne m'échapperas point cette fois.

— Oh ! ni toi non plus, répondit le duc.

Puis, se dressant sur ses étriers et levant son épée au-dessus de sa tête :

— Faites de votre mieux, vous autres ! cria-t-il à ses soldats, et je vais tâcher de vous donner l'exemple.

En ce moment, la mêlée devint générale.

Mais, au milieu de la mêlée, qu'on nous permette de suivre la lutte des deux chefs.

On sait l'habileté du duc Emmanuel à ce jeu terrible de la guerre, où il connaissait peu d'hommes qui pussent lui résister ; mais cette fois il avait trouvé un adversaire digne de lui.

D'abord, de la main gauche, chacun des deux combattants avait déchargé sur l'autre un pistolet dont la balle avait glissé sur l'armure du duc, ou s'était aplatie sur celle du pirate.

Alors le combat dont cette décharge n'était que le prélude, avait continué à l'épée.

Quoiqu'armé à la turque comme armes défensives, le corsaire, comme armes offensives, portait à la main une longue épée droite, et à l'arçon de sa selle une hache à manche pliant, à tranchant affilé.

Ces haches, dont le manche était fait en peau de rhinocéros, toute garnie de petites lames d'acier, avaient, à cause de leur flexibilité même, une terrible volée.

Le duc avait son épée et une masse

d'armes ; c'étaient, on s'en souvient, ses armes habituelles.

Toutes deux étaient redoutables entre ses mains.

Deux ou trois de ses hommes d'armes avaient voulu venir à son aide, mais il les avait écartés, en criant :

—Faites pour vous ; avec l'aide de Dieu, je ferai pour moi.

Et avec l'aide de Dieu, en effet, il faisait merveille.

Il était évident que les pirates ne s'é-- taient point attendus à trouver une si forte escorte, et que leur chef, celui qui avait attaqué le duc, espérait le prendre plus à l'improviste et moins bien armé.

Mais il n'en reculait point d'un pas pour s'être trompé.

On sentait que, sous les coups terribles qu'il portait au duc, il y avait une haine plus terrible que les coups.

Mais sur l'armure de Milan du duc, l'épée du pirate, de si bonne trempe qu'elle fût, n'avait pas grande prise, de même que sur la cotte de mailles de Damas s'émoussait la lame de l'épée du duc.

Au milieu de cette lutte acharnée le

duc sentit que son cheval blessé perdait ses forces et allait lui manquer entre les jambes.

Il réunit toutes ses forces pour porter un coup à son adversaire; l'épée flamboya entre ses deux mains, le pirate comprit de quel coup terrible il était menacé et se renversa en arrière, et, en se renversant, fit cabrer son cheval.

Ce fut le cheval qui reçut le coup au lieu du maître.

Cette fois, le chanfrein du cheval, d'acier moins pur que l'armure du cavalier, fut fendu, et le cheval, frappé entre

les deux oreilles, s'abattit sur ses ge-
noux.

Le Maure crut son cheval tué ; il s'élança
à terre au moment où le cheval du duc
tombait lui-même.

Les deux adversaires se trouvèrent donc
à pied en même temps.

Chacun d'eux se jeta à l'arçon de son
cheval, l'un pour arracher sa hache, l'autre pour y prendre sa masse d'armes.

Puis, comme si chacun eût tenu l'arme
dont il venait de s'emparer comme plus
meurtrière, les deux combattants jetèrent
leurs épées, et le pirate demeura armé de
sa hache et le duc de sa masse.

Jamais cyclopes forgeant, dans les cavernes de l'Etna, la foudre de Jupiter sur
l'enclume de Vulcain, ne frappèrent de si
rudes coups; on sentait que la mort elle-
même, la reine des sanglantes batailles,
arrêtait son vol et planait au-dessus de
ces deux hommes, certaine d'emporter
dans ses bras l'un d'eux endormi du dernier sommeil.

Mais au bout d'un instant l'avantage
parut se décider pour le duc.

La hache de son adversaire avait enlevé
pièce à pièce la couronne de son casque;
mais il était évident que les pointes d'a-
cier de la masse d'armes avaient, à travers

la cotte de mailles, creusé de terribles meurtrissures.

Puis à l'encontre des forces inépuisables du duc, les forces de son adversaire semblaient s'épuiser.

Sa respiration sifflante passait à travers les ouvertures de son casque.

Ses coups étaient moins rapides et moins vigoureux ; les bras, sinon la haine, s'allanguissaient.

A chaque coup qu'il portait, le duc, au contraire, paraissait prendre de nouvelles forces.

Le pirate commença à reculer, pas

à pas, d'une manière insensible; mais il reculait.

Sa retraite le conduisait au bord d'un précipice; seulement, occupé à parer des coups ou à en porter, il semblait ne pas s'apercevoir qu'il se rapprochait insensiblement de l'abîme.

Tous deux, l'un reculant, l'autre poursuivant, arrivèrent ainsi sur la plate-forme qui surplombait le précipice.

Deux pas encore, et la terre manquait au pirate.

Mais sans doute était-ce là qu'il voulait en arriver; car, tout à coup, il lança loin

de lui sa hache, et, saisissant son adversaire à bras le corps :

— Ah ! duc Emmanuel ! s'écria-t-il, je
te tiens donc enfin, et nous allons mourir
ensemble !

Et d'une secousse à déraciner un chêne,
il souleva son ennemi entre ses bras.

Mais un éclat de rire terrible lui répondit :

— Je t'avais reconnu, bâtard de Waldeck, répondit son adversaire, en dénouant
la chaîne de fer de ses bras.

Puis levant la visière de son casque :

— Je ne suis pas le duc Emmanuel, dit-
il, et tu n'auras pas l'honneur de mourir
de sa main.

— Scianca-Ferro! s'écria le bâtard de
Waldeck, ah! malédiction sur toi et ton
duc!

Et il se baissa pour ramasser sa hache
et recommencer le combat.

Mais, pendant ce mouvement, si rapide
qu'il fût, la masse de Scianca-Ferro, pe-
sante comme le roc sur lequel les deux
adversaires combattaient, s'abattit sur le
derrière de la tête du renégat.

Le bâtard de Waldeck poussa un soupir et tomba sans mouvement.

— Ah ! cette fois, s'écria Scianca-Ferro, frère Emmanuel, tu n'es plus là pour m'empêcher d'écraser cette vipère.

Et comme, pendant le combat, son poignard de merci était sorti du fourreau, il ramassa un quartier de roc qu'il souleva entre ses bras avec la force d'un de ces Titans qui entassaient Pélion sur Ossa, et en écrasa dans son casque la tête de son ennemi.

Puis, avec un éclat de rire plus terrible que le premier :

— Ce qui me plaît surtout dans ta mort,
bâtard de Waldeck, dit-il, c'est que, mourant dans l'armure d'un infidèle, tu es
damné comme un chien.

Puis, se rappelant ce soupir qu'il avait
entendu sortir de la litière, il y courut et
en écarta les rideaux.

De tous côtés les pirates fuyaient.

Pendant ce temps, Emmanuel et la
princesse Marguerite suivaient tranquillement la route de Tenda et de Cuneo.

Ils arrivaient dans cette dernière ville à
peu près à la même heure où avait lieu,

entre San-Remo et Albenga, le terrible combat que nous venons de raconter.

Le duc Emmanuel était soucieux.

Quelle avait pu être la raison de Leona d'exiger de lui ce changement de route ?

Quel danger courait-il à suivre celle de la rivière de Gênes ? et, s'il y avait un danger, ce danger n'était-il pas retombé sur Scianca-Ferro ?

Qui avait prévenu Scianca-Ferro de la promesse faite par lui, Emmanuel, à Leona, et comment se faisait-il qu'au moment où il allait parler à Scianca-Ferro de son changement de route, celui-ci était

venu à lui et lui en avait parlé le premier ?

Le souper fut triste, la princesse Marguerite était fatiguée ; de son côté, Emma_
nuel-Philibert prétexta la fatigue et se
retira vers dix heures dans sa chambre.

Il lui semblait que, d'un moment à
l'autre, il devait arriver quelque messager
de mauvaise nouvelle.

Il fit veiller quelqu'un à la porte et quelqu'un dans l'antichambre, afin qu'à quelqu'heure que ce fût de la nuit, on l'éveil-
lât, et, si on savait quelque chose, on lui
apprît ce qui était arrivé.

Onze heures sonnèrent, le duc ouvrit sa fenêtre, le ciel était étoilé, l'atmosphère était calme et pure.

Un oiseau chantait dans un buisson de grenadiers, et il lui sembla que c'était le même oiseau dont il avait entendu le chant sur cette branche de saule qui indiquait la place où devait être bâti l'autel de la Vierge.

Il entendit sonner onze heures et demie, et, refermant sa fenêtre, il revint s'accouder à sa table couverte de papiers.

Peu à peu ses yeux se troublèrent, ses paupières s'allourdirent.

Il entendit vaguement tinter les premières vibrations de minuit.

Puis il lui sembla comme à travers un nuage, voir la porte de sa chambre s'ouvrir et s'avancer vers lui quelque chose qui ressemblait à une ombre.

L'ombre s'approcha, et, s'inclinant sur lui, murmura son nom.

Au même instant, une impression glacée qu'il ressentit au front le fit frissonner par tout le corps.

Cette impression rompit les liens invisibles qui l'enchaînaient.

— Leona ! Leona ! s'écria-t-il.

C'était, en effet, Leona qui était près de
lui, mais cette fois sans souffle sur les
lèvres, sans flamme dans les yeux, quelques gouttes d'un sang pâle tombaient
d'une blessure qu'elle avait reçue à la
poitrine.

— Leona ! Leona ! répétait-il.

Et il tendit les bras pour saisir le fantôme.

Mais celui-ci fit un signe, et ses bras
retombèrent.

— Je l'avais bien dit, mon Emmanuel,

dit l'ombre d'une voix douce à la fois comme un souffle et comme un parfum, je t'avais bien dit que je serais plus près de toi, morte que vivante.

— Pourquoi m'as-tu quitté, Leona ? demanda Emmanuel, sentant son cœur prêt à fondre en sanglots.

— Parce que ma mission était accomplie sur la terre, mon bien-aimé duc, répondit l'ombre ; mais, avant que je ne remonte au ciel, Dieu permet que je te dise que le vœu de tes sujets est accompli.

— Lequel ? demanda Philibert.

— La princesse Marguerite est enceinte et enfantera un fils.

— Leona! Leona! s'écria le prince, qui t'a dit ce mystère de la maternité?

— Les morts savent tout, murmura Leona.

Et, en même temps que son corps s'é-vanouissait en vapeur, d'une voix à peine intelligible :

— Au revoir, au ciel ! mon bien-aimé duc, dit le fantôme.

Et il disparut.

Le duc, qui était resté enchaîné dans son fauteuil tant que l'ombre s'était tenue près de lui, se leva et courut à la porte.

Le valet de garde n'avait vu entrer ni sortir personne.

— Leona! Leona! s'écria-t-il, te reverrai-je encore?

Et il lui sembla qu'à son oreille un souffle à peine sensible murmurait :

— Oui.

———

Le lendemain, au lieu de continuer sa route, le duc s'arrêta à Cuneo.

Il semblait certain de recevoir des nouvelles.

En effet, vers deux heures, Scianca-Ferro arriva.

— Leona est morte ! fut le premier mot que lui dit Emmanuel.

— Hier, à minuit, répondit Scianca-Ferro. Mais comment le sais-tu ?

— D'une blessure à la poitrine, continua Emmanuel.

— D'une balle destinée à la duchesse, dit Scianca-Ferro.

— Et quel est, s'écria le duc, le misérable assassin qui en voulait aux jours d'une femme ?

— Le bâtard de Waldeck, répondit Scianca-Ferro.

— Oh ! dit le duc, qu'il ne tombe jamais entre mes mains !

— Je t'avais juré, Emmanuel, que la première fois que je rencontrerais le serpent, je l'écraserais.

— Eh bien ?

— Je l'ai écrasé.

— Il ne nous reste donc plus qu'à prier pour Leona, dit Emmanuel-Philibert.

— Ce n'est pas à nous à prier pour les anges, répondit Scianca-Ferro, mais aux anges à prier pour nous.

———

Le 12 janvier 1562, comme l'avait prédit

Leona, la princesse Marguerite, accoucha heureusement au château de Rivoli d'un prince qui reçut les noms de Charles–Emmanuel, et qui régna cinquante ans.

Trois mois après la naissance du jeune prince, les Français avaient, selon les conventions de Cateau-Cambresis, évacué Turin, Quiers, Chivas et Villeneuve d'Asti, comme ils avaient déjà évacué le reste du Piémont.

XXII

Épilogue.

Par une belle matinée du commencement de septembre 1580, c'est-à-dire
vingt ans environ après les événements
que nous venons de raconter, une ving-
taine de ces gentilshommes que l'on ap-

pelait les ordinaires du roi Henri III, et
et dont le nombre total montait à quarante-cinq, attendait dans la grande cour
du Louvre l'heure où le roi, allant à la
messe, les prendrait en passant avec lui
pour leur faire faire bon gré malgré leurs
dévotions ; car c'était une des manies du
roi Henri III de se préoccuper non-seulement du soin de son âme, mais du soin
de celles des autres, et de même que le
roi Louis XIII devait dire cinquante ans
plus tard à ses favoris : *Venez vous ennuyer
avec moi*, Henri III disait à ses mignons :
Venez vous sauver avec moi.

La vie que menaient les ordinaires ou
les quarante-cinq de Sa Majesté, on les
nommait indifféremment de l'un ou de

l'autre nom, n'avait rien de bien récréatif :
la règle du Louvre était presque aussi sé-
vère que celle du couvent, et le roi, s'appuyant sur la mort de Saint-Megrin, de
Bussy d'Amboise et de deux ou trois autres
gentilshommes, mort causée par leur
amour exagéré pour le beau sexe, prenait
texte de ces événements pour tonner
contre les femmes et les représenter
à ses favoris, non-seulement comme
des êtres inférieurs, mais encore dange-
reux.

Les pauvres jeunes gens en étaient donc
réduits, ceux surtout qui tenaient à rester
dans les bonnes grâces du roi, à faire des
armes, à jouer au ballon, à viser des moi-
neaux-francs avec des sarbacanes, à se

friser, à inventer de nouvelles formes de
cols, à dire leur chapelet et à se fustiger,
si, au milieu de cette innocente vie, le
diable, qui ne respecte même pas les
saints, venait les tenter.

On ne sera donc pas étonné qu'ayant
vu un vieux bonhomme auquel il ne res-
tait plus qu'un bras, qu'un œil et qu'une
jambe, qui demandait l'aumône à un chevau-léger de garde à la porte de la cour,
l'un d'eux lui ai fait signe d'entrer, et,
après lui avoir donné une pièce de mon-
naie et adressé quelques questions, ait
incontinent appelé ses camarades, avec ce
besoin naïf de communication que l'on
trouve à un degré égal chez les écoliers
enfermés derrière les murs d'un collége,

chez les religieux enfermés derrière les murs d'un couvent, chez les soldats enfermés derrière les murs d'une forteresse.

Les jeunes gens accoururent et, entourant le nouveau venu, en firent l'objet d'un profond examen.

Hâtons-nous de dire que celui qui avait l'honneur d'attirer ainsi l'attention générale méritait bien la peine d'être examiné.

C'était un homme d'une soixantaine d'années, qui, au reste, ne paraissait plus d'aucun âge, vu l'étrange situation physique où l'avaient réduit les campagnes

qu'il avait faites et la vie aventureuse qu'il
paraissait avoir menée.

Outre l'œil, le bras, la jambe qui lui
manquaient, le mendiant avait la figure
hachée de coup de sabre, les doigts de la
main brisés de coups de pistolets et la tête
racommodée en plusieurs endroits par des
plaques de fer blanc.

Son nez particulièrement était telle-
ment couvert d'estafilades, d'estocades,
de cicatrices de tout genre, enfin, qu'il
ressemblait à ces tailles de boulanger, sur
lesquelles on fait un cran à chaque pain
que l'on prend à crédit.

Une pareille quintaine, on en convien-

dra, était chose curieuse pour des jeunes
gens qui, faute de plus doux loisirs, met-
taient le duel au nombre de leurs distrac-
tions.

Aussi les questions tombèrent-elles sur
le mendiant dru comme la grêle.

— Comment t'appelles-tu? Quel âge as-
tu? Dans quel cabaret as-tu perdu ton œil?
Dans quelle embuscade as-tu laissé ton
bras? Sur quel champ de bataille as-tu
oublié ta jambe?

— Voyons, messieurs, dit l'un des in-
terrogateurs, mettons un peu d'ordre dans
nos questions, ou sans cela le pauvre
diable ne pourra vous répondre.

— Mais auparavant, demande-lui un peu s'il ne lui manque pas la langue.

— Non, Dieu merci! mes braves seigneurs, la langue me reste, et si vous voulez bien avoir quelques bontés pour un vieux capitaine d'aventures, je l'occuperai à chanter vos louanges.

— Capitaine d'aventures, toi! allons donc! dit un des jeunes gens; ne vas-tu pas nous faire accroire que tu as été capitaine?

— C'est du moins le titre que m'ont donné plus d'une fois le duc François de Guise que j'ai aidé à reprendre Calais, l'amiral Gaspard de Coligny que j'ai aidé à reprendre Saint-Quentin, et le prince de Condé que j'ai aidé à entrer dans Orléans.

— Tu as vu tous ces illustres capitaines? demanda un des gentilshommes.

— Je les ai vus, je leur ai parlé et ils m'ont parlé. Ah! vous êtes braves, messeigneurs; je n'en doute pas; mais laissez-moi vous dire que la race des vaillants et des forts s'en est allée.

— Et tu es le dernier? dit une voix.

— Non pas de ceux que je dis, reprit le mendiant, mais le dernier, en effet, d'une association de braves. Nous étions dix

aventuriers, voyez-vous ? mes gentilshommes, avec lesquels un capitaine peut tout
tenter ; mais la mort nous a pris un à un
et nous a emportés en détail.

— Et quels étaient, demanda un des
ordinaires, je ne dirai pas les aventures,
mais les noms de ces dix braves ?

— Vous avez raison de ne pas demander
leurs aventures ; leurs aventures feraient
à elles seules un poème, et celui qui pouvait l'écrire, le pauvre Fracasso, est mal-
heureusement mort d'une contraction à la
gorge ; mais, quant aux noms, c'est autre
chose.

— Voyons les noms.

— Il y avait Dominico Ferrante ; c'est celui qui est parti le premier ; un soir, aidé de deux compagnons, il vint offrir, aux environs de la tour de Nesle, à un endiablé sculpteur florentin nommé Benvenuto Cellini de l'aider à porter un sac d'argent qu'il venait de recevoir des mains du trésorier du roi François Ier. Le Benvenuto, qui s'était attardé et qui venait d'entendre sonner minuit à Saint-Germain-des-Prés, crut voir dans une offre d'obligeance une tentative de cupidité ; il mit l'épée à la main et, d'un rapide dédagement, il cloua le pauvre Ferrante à la muraille.

— Voilà ce que c'est que d'être trop

obligeant! dit un des auditeurs. — A un autre.

— Le second était Vittorio-Albani Fracasso, un grand poète qui ne pouvait travailler qu'au clair de lune. Un soir qu'il cherchait une rime aux environs de Saint-Quentin, il tomba par hasard au milieu d'une embuscade dressée sur le chemin du duc Emmanuel; il était si préoccupé de la rébellion de cette rime, qu'il oublia de demander aux embusqués dans quelle intention ils étaient là; il en résulta que le duc Emmanuel étant venu à passer sur ces entrefaites, il se trouva au milieu de la bagarre; il faisait de son mieux pour s'en tirer, lorsqu'il tomba étourdi d'un coup de masse que lui allongea l'écuyer du

duc, un damné coquin nommé Scianca-
Ferro. Or, l'embuscade échoua. Le pauvre
Fracasso resta sur le champ de bataille;
et comme, vu l'évanouissement dans lequel il était plongé, il ne put expliquer le
hasard de sa présence, on lui passa une
corde au cou et on le hissa à la branche
d'un chêne. Quoique le pauvre Fracasso,
en sa qualité de poète, fût maigre comme
un angoulevent, le poids du corps n'en
amena pas moins la contraction du nœud
coulant, et la contraction du nœud coulant la strangulation. Ce fut en ce moment qu'il revint à lui. Il voulut donner
les explications qu'il croyait nécessaires à
son honneur violemment compromis.
Mais il était revenu à lui une seconde
trop tard; les explications ne purent point

passer et restèrent de l'autre côté du nœud coulant, ce qui fit croire à beaucoup que ce pauvre innocent avait été justement pendu.

— Messieurs, dit une voix, cinq *Pater* et un *Ave* pour le pauvre Fracasso.

— Le troisième, continua le mendiant avec mélancolie, le troisième était un digne aventurier allemand, nommé Frantz Scharfenstein. Vous avez certainement entendu parler de feu Briarée et de défunt Hercule. Eh bien! le pauvre Frantz était de la force d'Hercule et de la taille de Briarée. Il fut tué bravement sur une brèche du siège de Saint-Quentin. Dieu ait son âme et celle de son oncle Henrich

Scharfenstein, qui est mort idiot à force
de le pleurer.

— Dis donc, Montaigu, dit une voix,
crois-tu que, si tu mourais, ton oncle
deviendrait idiot à force de te pleurer?

— Mon cher, répondit celui à qui la
question était adressée, il y a un axiôme
de droit qui dit : *Non bis in idem.*

— Le cinquième, continua le mendiant,
était un brave catholique nommé Cyrille-
Népomucène Lactance. Celui-là est sûr
de son salut, car, après avoir combattu
pour notre sainte religion pendant vingt
ans, il est mort martyr.

— Martyr! Peste! Raconte-nous cela.

— C'est bien simple, messeigneurs; il
servait sous les ordres du fameux baron
des Adrets qui, dans ce moment-là, était
catholique, car il est bon que vous sachiez
que le baron des Adrets a passé sa vie à
se faire de protestant catholique et de catholique protestant. Le baron des Adrets
était donc catholique pour le moment, et
Lactance servait sous ses ordres, lorsque
le baron ayant fait quelques prisonniers
huguenots la veille de la Fête-Dieu, et ne
sachant quel genre de mort leur infliger,
Lactance fut illuminé de cette sainte in-
vention de les dépouiller et de tendre
avec leurs peaux, au lieu de tapisseries,
les maisons du petit village de Mornas. Le

baron goûta fort l'avis et le mit à exécu-
tion, à la plus grande gloire de leur sainte
religion. Mais il arrriva l'année suivante,
jour pour jour, que le baron s'étant fait
protestant et le pieux Lactance étant
tombé entre ses mains, le baron se sou-
vint du conseil qui lui avait été donné, et
malgré ses réclamations, le fit dépouiller à son tour. Je reconnus la peau de
mon pauvre ami à un grain de beauté
qu'il avait au-dessous de l'épaule gauche.

— Peut-être t'en arrivera-t-il autant un
jour, Villequier, dit un des jeunes gens
à son camarade ; mais, si on te dépouille,
ce ne sera pas pour faire une tenture
de la peau, ou, mordieu ! c'est qu'il y
aura alors en France profusion de tam-
bours.

— Le sixième, continua l'aventurier, était un joli muguet de notre bonne ville de Paris, jeune, beau, galant, toujours courant après les femmes.

— Chut! dit l'un des ordinaires, ne parle pas si haut, bonhomme; le roi Henri III pourrait t'entendre et te faire châtier d'avoir eu si mauvaise compagnie.

— Et comment se nommait le drôle qui avait de pareilles mœurs? demanda un autre gentilhomme.

— Il se nommait Victor-Félix Yvonnet, répondit le mendiant; un jour ou plutôt une nuit qu'il était chez une de ses maî-

tresses, le mari n'eut point le courage de
l'attendre bravement et de l'attaquer le
pic à la main ; il dégonda la porte par laquelle Yvonnet devait sortir, une porte de
chêne massive, pesant trois mille peut-
être, et la posa en équilibre sur ses gonds ;
à trois heures, Yvonnet dit adieu à sa
bien-aimée et s'en alla droit à la porte
dont il avait la clé, introduisit la clé dans
la serrure, tourna deux tours et tira à lui ;
mais, au lieu de tourner sur ses gonds, la
porte tomba lourdement sur lui. Si c'eût
été Frantz ou Henrich Scharfenstein, ils
eussent repoussé la porte comme une
feuille de papier ; mais Yvonnet était un
véritable muguet d'amour aux petites
mains et aux petits pieds : la porte lui

brisa les reins, et le lendemain on le
retrouva mort.

— Tiens, par ma foi! dit une voix, voici
une recette à donner à M. de Châteauneuf. Cela ne l'empêchera point d'être
trompé ; mais cela empêchera qu'il ne le
soit deux fois par le même.

— Le septième, continua l'aventurier,
le septième se nommait Martin Pilletrousse : c'était un honnête gentilhomme,
comme dit M. de Beaudoin, et qui périt
par un fâcheux malentendu. Un jour,
M. de Montluc passant par une ville et
ayant été complimenté par tous les magistrats, excepté par les juges, il résolut
de se venger de cette incivilité, s'informa

et apprit qu'il devait y avoir le lendemain
jugement de douze huguenots; c'était
tout ce qu'il voulait savoir; il se rendit à
la prison, et entrant dans la salle com-
mune :

— Qui est huguenot, ici? demanda-
t-il.

Or, Pilletrousse, qui avait connu M. de
Montluc huguenot enragé et qui ignorait
que, comme le baron des Adrets, il avait
changé de religion, se trouvait dans cette
chambre, accusé de je ne sais quelle misère; il crut que M. de Montluc demandait
quels étaient les huguenots pour les faire
élargir; mais point : c'était pour les faire
pendre. Lorsque le pauvre Pilletrousse

vit de quoi il s'agissait, il protesta de toutes ses forces ; mais il eut beau protester,
on s'en tint à sa première déclaration,
et il fut pendu haut et court, lui dou-
zième.

— Le lendemain, qui fut attrapé? ce
furent les juges, qui n'eurent plus personne à juger.

— Mais, en attendant, le pauvre Pilletrousse était mort.

— *Requiescat in pace !* dit un des auditeurs.

— Le souhait est d'un chrétien, mon

gentilhomme, dit le mendiant, et je vous en remercie au nom de mon ami.

— Voyons le huitième ! dit une voix.

— Le huitième, continua le mendiant, se nommait Jean-Chrysostôme Procope, il était Bas-Normand.

— Le roi ! messieurs, le roi ! cria une voix.

— Allons ! range-toi, drôle, dirent les jeunes seigneurs, et tâche de ne pas te trouver sur la route de Sa Majesté ; elle n'aime à voir que de jolis visages et de gracieuses tournures.

C'était en effet le roi qui descendait de

ses appartements, ayant M. de Guise à sa droite et M. le cardinal de Lorraine à sa gauche.

Il paraissait fort mélancolique.

— Messieurs, dit-il en s'adressant aux gentilshommes qui faisaient la haie sur son passage, en lui cachant du mieux qu'ils pouvaient l'homme à l'œil, au bras et à la jambe de moins; vous m'avez entendu parler souvent de la façon toute royale dont j'avais été reçu en Piémont par le duc Emmanuel-Philibert de Savoie.

Les jeunes gens s'inclinèrent en signe qu'ils s'en souvenaient parfaitement.

—Eh bien! j'ai reçu ce matin la dou-
loureuse nouvelle de sa mort, qui a eu lieu
à Turin, le 30 août 1580.

—Et sans doute, sire, demanda un des
jeunes gens, le grand prince a eu un beau
trépas?

—Digne de lui, messieurs. Il est mort
dans les bras de son fils en lui disant :

—Mon fils, apprenez de ma mort quelle
doit être votre vie, et de ma vie quelle
doit être votre mort; l'âge vous a déjà
rendu capable de gouverner les États que
je vous laisse; ayez soin de les conserver
aux vôtres, et soyez assuré que Dieu en
sera le protecteur tant que vous vivrez
dans sa crainte.

— Messieurs, le duc Emmanuel-Philibert était de mes amis, je porterai son deuil pendant huit jours, et pendant huit jours j'entendrai la messe à son intention. Qui fera comme moi me fera plaisir.

Et ayant fait un signe de tête à ses gentilshommes, le roi continua son chemin vers la chapelle.

Les gentilshommes le suivirent et entendirent religieusement la messe avec lui.

En sortant de l'église, la première chose qu'ils cherchèrent des yeux fut

le mendiant, mais le mendiant avait disparu.

En même temps que lui étaient dis-
parus l'escarcelle de Sainte-Maline, le
drageoir de Montaigu et la chaîne d'or de
Villequier.

L'aventurier n'avait plus qu'une main,
mais, comme on le voit, il savait s'en servir.

Les trois jeunes gens voulurent savoir
s'il se servait aussi bien de sa jambe unique que de sa main dépareillée, et cou-
rurent à la porte, demandant à la sen-
tinelle si elle pouvait les renseigner sur
ce qu'était devenu le mendiant avec le-

quel ils causaient, il n'y avait qu'un instant.

— Messieurs, dit le chevau-léger, il a
disparu derrière l'hôtel du Petit-Bourbon;
mais, en sortant, il m'a dit poliment : Mon
gentilhomme, il se peut que les nobles
seigneurs avec lesquels je viens d'avoir
l'honneur de m'entretenir désirent savoir
ce que sont devenus mes deux derniers
compagnons, et comment se nomme le
pauvre diable qui leur a survécu. Mes
deux compagnons, qui se nommaient
Procope et Maldent, étaient, l'un un Bas-
Normand et l'autre un Picard, très forts
en droit tous deux; l'un est mort procureur
au Châtelet, l'autre d'octeur en Sorbonne.
Quant à moi, je me nomme César-Annibal

Malemort, pour les servir, si j'en étais capable.

Ce furent les seules nouvelles qui parvinrent jusqu'à eux, et qui sont parvenues jusqu'à nous du dernier des aventuriers.

Le hasard avait fait que celui qui eût dû succomber le premier avait miraculeusement survécu à tous.

FIN DU PAGE DU DUC DE SAVOIE

CAUSERIES

I

Chers Lecteurs,

Mon état a deux faces, comme feu Janus, une qui rit — c'est celle avec laquelle il me regarde quand je vous écris, quand nous causons ensemble — l'autre qui grimace et me tire la langue, c'est celle avec laquelle il me goguenarde, quand j'ai affaire aux romanciers ou aux feuilletonistes inconnus.

Vous n'avez aucune idée de la ténacité d'un feuilletoniste ou d'un romancier, je ne dirai pas même en herbe, mais en racine.

Il faut absolument qu'il pousse ; le plus petit gland veut être chêne, le plus petit marron veut être marronnier.

Croiriez-vous, chers lecteurs, qu'avec vingt ou vingt-cinq journaux, quinze ou dix-huit théâtres, on marche à grands pas sur un génie méconnu ?

Vous trouvez le génie méconnu à votre porte quand vous sortez ; il veut vous arrêter, vous lui expliquez que vous êtes très pressé, qu'on vous attend à l'Odéon pour faire une répétition, à l'imprimerie pour revoir une épreuve. Il vous arrête d'une main par le pan de votre redingote ou de votre paletot, et de l'autre, vous présente un manuscrit roulé.

Tout manuscrit roulé a la forme d'un canon de pistolet.

Vous croyez celui-là inoffensif? Ah! vous êtes dans une profonde erreur. J'aimerais mieux traverser une forêt de Bondy pleine de voleurs bien connus, qu'un bois de Boulogne plein d'auteurs inconnus.

Vous échappez au manuscrit roulé, ou du moins vous croyez y avoir échappé; le cœur léger, vous corrigez vos épreuves, vous faites votre répétition et vous rentrez.

La première chose que vous voyez sur votre bureau, c'est le manuscrit roulé, le pistolet en question ; parfois il y en a deux : un de drame, un de roman ; alors c'est un pistolet à deux coups, si vous n'ê- tes que blessé par l'un, vous serez certai- nement achevé par l'autre.

Vous appelez votre valet de chambre.

— Étienne, qui a apporté cela ?

— Cela ?

— Oui.

— Je ne sais pas. Il faut demander à Jules, je suis sorti par ordre de mademoi- selle, on aura apporté cela en mon ab- sence.

On appelle Jules.

— Jules !

— Monsieur !

— Qui a apporté cela?

— Je ne sais pas, monsieur. Il faut demander à la cuisinière, monsieur m'avait envoyé chez M. Méry, j'y ai été; on aura apporté cela en mon absence.

On appelle la cuisinière.

— Rosine!

— Monsieur!

— Qu'est-ce que c'est que cela?

— C'est ce que monsieur attend.

— Ce que j'attends, moi!...

— Mais, ce monsieur a dit, ou cette dame a dit — vous comprenez, chers lecteurs, que l'indication varie selon le sexe du génie inconnu — ce monsieur ou cette dame a dit que monsieur avait recommandé qu'on lui mît soigneusement cela sur son bureau. Monsieur sait ce que c'est.

— Pardieu! oui, je le sais; et l'adresse de l'auteur?

— Ah! ça, monsieur, il n'a pas laissé son adresse.

— C'est bien, quand il viendra vous les lui rendrez.

Rosine reprend les manuscrits.

Huit jours après, Rosine entre, elle tient le manuscrit à la main; un manus-crit est toujours terrible, même à la main d'une cuisinière.

— Qu'est-ce que cela, Rosine?

— Monsieur sait bien.

— Mais non, je ne sais pas.

— C'est le manuscrit de ce monsieur, ou de cette dame.

— Eh bien ?

— *Il*, ou *elle* est venu, ou venue.

— Et vous ne le lui avez pas rendu ?

— Il n'a pas voulu le reprendre.

— Rosine, quand ce monsieur, ou cette dame, reviendra, vous lui rendrez, de gré ou de force, son manuscrit.

— Mais s'il ne veut pas le reprendre ?

— Vous lui direz *qu'il* ou *qu'elle* y fasse attention; qu'ici les manuscrits se perdent, qu'il y vient des épiciers qui les volent pour faire des cornets, que vous en allumez le feu de votre rôtissoire. Reprenez donc vos manuscrits, vous entendez, Rosine:

— C'est bien, monsieur.

Huit jours se passent, Rosine rentre; elle tient le même manuscrit à la main.

— Eh bien ! Rosine, encore?

— Oui, monsieur.

— Vous n'avez donc pas rendu le manuscrit à l'auteur?

— Il n'a pas voulu le reprendre.

— Vous ne lui avez donc pas dit que je les perdrais?

— Si fait, monsieur.

— Qu'on les volait?

— Je le lui ai dit.

— Que vous allumiez le feu de votre rôtissoire avec?

— Je lui ai montré un vieux manuscrit qui flambait.

— Eh bien, qu'a-t-il dit?

— Il a dit que cela lui était égal, qu'il avait un double.

Vous courbez la tête, et vous com-

mencez à croire qu'un homme si têtu, ou
une femme si entêtée, pourrait bien, à tout
prendre, être un homme ou une femme
de génie.

Vous vous retournez vers Rosine, et
vous lui dites, continuant votre pensée:

— Et vous croyez, Rosine, qu'il ne le
reprendra pas?

— Oh! non, monsieur, bien certainement.

— C'est bien, alors, laissez-le là.

— Ah! le voilà, monsieur, je suis bien
contente d'en être débarrassée.

Et Rosine, joyeuse, vous laisse le manuscrit.

Plus la cuisinière est joyeuse, plus le
maître est triste.

Le manuscrit reste là un jour, deux

jours, trois jours, vous tirant l'œil; le pistolet est armé, prêt à partir, vous ne savez
pas à quoi il est chargé.

Enfin, un jour, avec un soupir, vous
prenez le manuscrit, vous le sortez de son
enveloppe de papier ou vous le débarras-
sez de sa ficelle. C'est fini, dès-lors vous
avez un maître, comme le pêcheur des
Mille et une Nuits qui a brisé le vase où
était enfermé le génie, comme Marguerite
de Bourgogne qui a délié les chaînes de
Buridan; — le manuscrit grandit, se
dresse devant vous et vous ordonne de le
lire.

Vous obéissez.

A la dixième ligne, vous avez noté
trois fautes de français et deux fautes
d'orthographe.

Vous appelez Rosine.

— Rosine !

Vous êtes triomphant.

Rosine accourt.

— Qu'y a-t-il pour le service de monsieur ?

— Rosine, vous connaissez bien le
monsieur ou la dame qui a apporté cela ?

Vous montrez le manuscrit.

— Si je le connais ! ah ! que oui.

— Eh bien, quand *il* ou *elle* viendra,
vous *le* ou *la* ferez entrer.

— C'est bien comme monsieur vou-
dra.

— Oh ! si c'était comme je veux ! Mais
n'importe, vous ferez entrer.

— Je n'y manquerai pas.

Le lendemain, Rosine ouvre votre porte.

— Monsieur, c'est le *monsieur*.

Ou.

— Monsieur, c'est la *dame*.

— Quel *monsieur*, quelle *dame*?

— Le *monsieur* ou la *dame* au manuscrit.

— C'est bien, qu'*il* ou qu'*elle* vienne.

Et Rosine introduit l'auteur.

II

J'en étais resté hier à ces mots :

Et Rosine introduit l'auteur.

Rosine, vous vous le rappelez bien, est ma cuisinière ; l'auteur, c'est l'auteur du manuscrit ; l'homme qui donne l'ordre d'introduire l'auteur, c'est moi.

Permettez que j'abandonne la forme que j'avais adoptée hier, et qu'au lieu de généraliser je centralise, qu'au lieu de raconter une anecdote fictive j'en vienne à un fait, que je vous dise enfin ce qui vient de m'arriver ces jours-ci, avec un manuscrit et un génie méconnu.

J'avais cependant bien promis qu'on ne m'y prendrait plus.

Mais, que voulez-vous?

Les gens d'esprit se divisent en trois classes :

Il y a les *gens d'esprit* purement et simplement.

Puis les *bêtes* qui ont de *l'esprit*.

Puis les *gens d'esprit* qui sont *bêtes*.

Votre serviteur appartient à cette der-

nière espèce, reconnue, mais non classée
encore, par Geoffroy Saint-Hilaire.

Il va sans dire que si tous les manuscrits que j'ai lus dans ma vie étaient massés
en montagne, cette montagne atteindrait
bien certainement la hauteur de la Py-
ramide de Chéops, la plus haute des
Pyramides.

Qu'on me pardonne si la citation est
fausse, mais chaque fois qu'il est question
de manuscrit, je n'ai pas bien positive-
ment la tête à moi.

Eh bien, dans tous ces manuscrits, je le
jure par le Styx qui les a engloutis depuis
le premier jusqu'au dernier, il n'y avait
pas un manuscrit de roman ou de drame
qui pût être imprimé ou représenté tel
qu'il était.

Vous croyez peut-être que les spectres de ces manuscrits me tourmentent? Pas du tout.

Les manuscrits qui me tourmentent ne sont point les manuscrits morts, ce sont les manuscrits vivants.

Nuovi tormenti, dit Dante, *e nuovi tormentati.*

Nuovi tormenti, dirai-je, *ma sempre lo stesso tormentato.*

J'aborde la question.

J'avais, depuis près de trois semaines, entendu vaguement parler d'une dame qui, pendant ces trois semaines, s'était présentée trente ou quarante fois au bureau du *Mousquetaire*; qui avait mis les rédacteurs, les uns après les autres, en demeure de lire ses manuscrits, et le journal en demeure de les imprimer.

Il ressortait de tous ces bruts, *parvenus jusqu'à moi* comme le bruit de la mort prochaine d'Iphigénie était parvenu à Achille ; il en résultait, dis-je, que les manuscrits de cette dame étaient *inimprimables*.

Ah! ma foi, tant pis, j'ai inventé un mot.

— Il n'est pas français, votre mot ?

— Pardieu! s'il était français, je ne l'aurais pas inventé, je l'aurais trouvé tout fait.

Un jour, au milieu de la répétition de *Ruy-Blas*, Frédérick-Lemaître étant sur le théâtre, Victor Hugo étant à l'orchestre, moi étant à côté de Victor Hugo, Frédérick Lemaître s'arrêta.

—Monsieur Hugo, dit-il en s'avançant sur la rampe.

—Monsieur Frédérick, répondit le poète.

— Êtes-vous bien sûr que le mot que vous avez écrit là, et que je viens de dire, soit français.

— Non, monsieur Frédérick, je n'en suis pas bien sûr.

— Mais alors, s'il n'est pas français ?

— Il le deviendra, monsieur Frédérick ; continuez, je vous prie.

Je désire donc qu'il en soit d'*inimprimable* comme du mot de Victor Hugo.

Les manuscrits de cette dame étaient donc inimprimables.

Je me sentais vaguement menacé de quelque catastrophe.

Je fis venir Étienne, Jules et Rosine, je les fis ranger devant moi et leur dis :

— Écoutez la recommandation que je

vais vous faire, comme étant de la plus
haute importance.

Rosine, Jules et Étienne répondirent,
comme un cœur de l'Opéra-Comique :

— Nous écoutons!

— Vous ne laisserez entrer aucune
femme, sans me venir préalablement dire
son nom.

— C'est convenu.

— Vous le jurez?

— Nous le jurons!

— Allez.

Et Rosine retourna à sa cuisine, Jules
à ses brosses, Étienne à ses chambres.

Le lendemain, Étienne m'annonce madame Bader.

— Madame Bader?

— Oui, monsieur.

Alors, vous comprenez bien, je pense à madame Bader, jeune et belle personne du Vaudeville; on va jouer la *Dame aux Camélias* au bénéfice d'une artiste, Bader vient pour la *Dame aux Camélias*.

Je m'élance hors de mon cabinet en disant :

— Comment, c'est vous, ma chère Bader, venez donc !

Une dame sort de la salle à manger, cette dame n'est pas le moins du monde ma Bader à moi, c'est la dame aux manuscrits, je suis volé !

Il n'y a pas à en douter, elle en tient deux d'une main, un de l'autre.

Ce n'est plus un pistolet à un coup, ce n'est plus un pistolet à deux coups.

C'est un *revolver* (1).

Je fais contre fortune bon cœur, je salue poliment la dame aux manuscrits, et la fais entrer la première dans mon cabinet, en montrant par derrière le poing à Étienne.

Nous causons une grande demi-heure, la dame aux manuscrits et moi, et elle sort à reculons, en me recommandant les trois tubes qu'elle me laisse.

J'appelle Étienne, Jules et Rosine.

Ils arrivent tous trois.

— Vous voyez bien cette dame? leur dis-je.

— Madame Bader?

Pistolet américain à six coups, qu'on a pas besoin d'armer, et qui, en tournant de lui-même, présente toujours la capsule sous le chien; de là le mot de *revolver*.

— Oui, mais c'est une fausse Bader ; si elle se représente, je n'y suis jamais pour elle.

— C'est bien, monsieur.

Et je rentre dans mon cabinet.

La lettre suivante, que je reproduis textuellement, exprimera, mieux que je ne pourrais le faire, la situation au lecteur.

20 octobre 18 4.

« Cher monsieur,

» Permettez-moi de vous donner ce titre, puisque vous-même vous avez eu la bonté de m'appeler chère madame. »

Soyez tranquille, madame Bader, cela ne m'arrivera plus.

« Vous me trouverez toujours ici, avez -vous dit en me serrant cordialement la main, et en me montrant votre bureau au fond du jardin. » _

Je puis avoir commis cette imprudence, mais je ne me la rappelle pas.

« Voilà deux ou trois fois que je me présente, et l'on me dit que vous n'y êtes pas ; bien plus, on m'empêche d'aller m'en assurer. »

Ah! cela, madame Bader, c'était parfaitement vrai.

« On m'a dit avant-hier que vous étiez au bureau du *Mousquetaire*, j'y *suis allée* et je n'ai pu vous rencontrer.

Comment faut-il faire, cher monsieur, pour vous voir ? Si c'est un jeu, c'en est un bien cruel, faites, je vous prie, qu'il cesse.

» Alexandre Dumas ne peut être injuste. »

plus on est grand, et plus les obligations
qu'on s'impo*sent* doivent être rigoureuse-
ment observées. Vous devez tenir votre
parole et remplir vos engagements, vous
avez promis de me recevoir, recevez-moi ;
j'ai un grand désir de vous voir et de vous
parler ; aujourd'hui, j'étais partie pour
aller chez vous, malgré le mauvais
temps.

» J'avais résolu de prendre une voiture,
et c'est un grand sacrifice que je faisais,
car la voiture me rend malade ; mais les
cochers de fiacre en ont décidé autrement,
il n'y en avait pas.

» Demain, dans la matinée, quelque
temps qu'il fasse, j'irai. Vous serez probablement chez vous jusqu'à une heure,

veuillez, je vous prie, être assez bon pour me recevoir, et donner l'ordre qu'on me laisse arriver jusqu'à vous, puisque c'est convenu ainsi.

» Ne me faites pas faire inutilement une course pareille ; j'ai déjà tant souffert, vous ne l'ignorez pas.

» Je voudrais travailler, mais ce n'est pas encourageant ; j'ai besoin d'argent, non pour m'amuser et me distraire, j'en ai besoin pour vivre et mes écrits ne me rapportent rien, *on ne veut pas les insérer.* »

Voilà les trois lignes qui m'ont perdu, chers lecteurs.

« J'étouffe, puisqu'on ne permet pas à ma pensée de prendre son essor.

» Vous, monsieur, lorsque vous avez

commencé, si personne ne vous eût aidé
ni tendu la main, si aussi on *n'eût* cherché
à étouffer votre inspiration en ne permet-
tant pas que vos ouvrages fussent imprimés, vous *n'auriez* pas tant écrit de volumes, vous *n'auriez* pas fait de si jolis
romans, car le découragement se fût emparé de vous.

» Bien que mon imagination soit loin
d'être aussi féconde, cependant, voilà dix
ans que j'écris; les écrits que j'ai *montré*
dans ce temps, bien qu'incorrects, annonçait un avenir. C'était de la verve, de la
satyre, et je n'ai pas rencontré un ami,
loin de là, j'ai toujours senti une main
cruelle m'étreindre et enchaîner ma plume.

» Pourquoi, je le demande?

» Quelques-uns m'ont dit que c'était

parce que j'étais modeste (je n'étais pas et
ne serai jamais de ceux-là, madame Bader),
et qu'il fallait toujours savoir ce qu'on va-
lait. Il est vrai que j'écrivais sous l'ano-
nyme, et que je ne pensais pas pouvoir devenir quelque chose. Mais aujourd'hui je
suis sûre de moi, et je me présente hardi-
ment et dis hautement :

» Je *veux* être admirée dans les lettres
parce que *j'en suis digne.*

» J'ai vu, du reste, sur votre visage, que
vous ne pourriez me refuser, car vous
savez *que je le mérite.* Vous êtes bon, et
votre conscience ne serait pas tranquille
si vous n'accueilliez point favorablement
ma demande, il y a assez longtemps que je
suis un souffre-douleurs ; puisque j'ai du

talent et que je n'écris que de bonnes choses... »

Textuel, chers lecteurs.

« Il est temps que je prenne place parmi
vous.

» C'est bien pénible de faire son éloge
soi-même. »

Mais non, madame Bader, cela ne paraît pas trop vous coûter.

« Mais il le faut bien, puisqu'on ne me
rend pas justice. Tant qu'on n'insérera pas
mes ouvrages, il faudra bien qu'on le
fasse, et pourtant je voudrais bien *en être
délivrée*. »

De quoi?

« Je souffre, moi, monsieur, c'est en
vain que je le dis.

» Tenez, une comparaison de mes souf-
frances.

» Si l'on vous eût, je suppose, enfermé
à l'âge de dix ans dans une petite chambre
étroite et basse, et que votre tête eût touché au plancher. »

Je vous ferai observer, madame Bader,
que c'est plafond qu'il faudrait dire. Si ma
tête eût touché le plancher, j'aurais été
enfermé la tête en bas et les pieds en l'air ;
posture tolérable pendant une minute
ou deux, mais intolérable pendant plusieurs années.

« Si on vous eût ensuite laissé *dix* ans
dans cette horrible captivité. Oh ! comme
vous *aurez* souffert, car votre corps n'aurait
pu se développer, ni acquérir les propor-

tions naturelles. Eh bien! si on eût également éteint votre pensée, oh! dites,
monsieur, seriez-vous aujourd'hui cet
Alexandre Dumas, ce romancier célèbre,
celui que l'on fête et que l'on aime, et du-
quel chacun tient à honneur de serrer la
main? Pardon, cher monsieur, de vous
entretenir de choses si tristes; c'est que,
voyez-vous, je souffre, encore une fois, et
il faut absolument que j'arrive en littérature.

» Après tout ce que j'ai eu à souffrir,
sur dix mille femmes, il n'y a peut-être
que moi qui eût persisté : toutes y *auraient*
renoncé.

» Est-ce que ce n'est pas du courage, et
aussi de la vocation?

» Mais il faut que je termine, le papier

me manque. A demain, cher monsieur, je vous parlerai de votre Saphir, qui m'a éblouie, c'est le mot ; j'espère que mon Camélia et mon Volubilis auront eu aussi quelque prix à vos yeux.

» Je suis sûre que vous lisez les lettres qui vous sont adressées, par conséquent surtout les miennes ; ces messieurs du *Mousquetaire* ont perdu leur temps en voulant me persuader le contraire. Je suis *naïve*, c'est vrai, mais pas à ce point ; mais je le suis en ce que je ne comprends pas le mal, ne l'ayant jamais fait.

» Veuillez, monsieur, recevoir l'assurance de mon entier dévoûment.

» *Clémence Dehesme, ou Bader, comme vous voudrez* »

Hélas! il n'est plus temps ; si j'eusse éte prévenu plus tôt , j'eusse préféré le mot Dehesme au mot Bader, je n'y eusse pas été pris; et ce qui nous arrive, à vous, madame, à vous, chers lecteurs, et à moi, — *pauvre moi*, comme dit Figaro, — ne serait pas arrivé.

III

La dame au Volubilis.

Nous en étions, je crois, à la première lettre de madame Bader ou Dehesme ; je dis la première lettre, car, soyez tranquille, ce ne sera pas la dernière.

Au moment où je vous écris, j'en ouvre

une de huit pages ; mais, soyez tranquille, je vous ferai grâce de celle-là.

En voyant cette longue lettre — je parle de la première — je pensai que j'aurais aussi court de lire les trois manuscrits que de lire la lettre.

Comme l'auteur paraissait donner une préférence marquée au *Volubilis* et au *Camélia*, ce fut par là que je commençai.

Puis, je passai aux deux autres.

J'avais mangé mon pain blanc le premier.

Le *Volubilis* était, non pas ce que vous le voyez, mais ce que vous le verrez. Celui que vous voyez est un faux *Volubilis*, le vrai va venir, et venir par huissier.

Voilà ce que c'est que de prendre ma-

dame Bader, femme de lettres, pour mademoiselle Bader, artiste dramatique.

Enfin, tel qu'il était, le *Volubilis* était, je
ne dirai pas le meilleur, mais le moins
mauvais des trois chefs-d'œuvre de madame Bader.

J'appelai Étienne.

Étienne vint.

— Étienne, lui dis-je, préviens Jules et
Rosine de laisser entrer madame Bader
quand elle se présentera.

— Monsieur a donc changé d'avis?

— Oui.

Étienne s'en alla en secouant la tête.

Oui, par malheur, j'avais changé d'avis.

Une demi-heure après, ma porte s'ouvrit, et madame Bader se précipita dans
mon cabinet.

— Enfin, dit-elle, j'arrive jusqu'à vous.

— Oui, madame.

— Alors, vous avez lu mes lettres?

— Ce n'est point à cause de cela que vous arrivez jusqu'à moi; vous arrivez jusqu'à moi, parce que j'ai lu vos manuscrits.

— Et vous êtes enchanté, n'est-ce pas?

— Pas précisément.

— Oh! ne me dites pas cela.

— Comment, que je ne vous dise pas cela.

— Non. Avouez, voyons, que j'ai du talent.

— Madame, vous en aurez peut-être un jour.

— Comment! j'en aurai peut-être un jour.

— Oui.

— Je n'en ai donc pas, à votre avis ? Ah ! je n'ai pas de talent.

— Pas encore, madame.

— Ah ! par exemple, vous ne trouvez pas mon *Volubilis* un petit chef-d'œuvre ?

— Je trouve le *Volubilis* le moins mauvais des trois articles que vous m'avez envoyés.

— Alors, les deux autres sont mauvais tout à fait ?

— Les deux autres sont des pastiches de Paul de Kock.

— Je ne dis pas non, mais cela vaut mieux que Paul de Kock.

— Oh ! non.

— Oh ! si.

— Pardon, madame, l'homme auquel

vous vous croyez supérieure est un grand
talent, qui a fait huit ou dix romans qui
sont, eux, des chefs-d'œuvre de gaîté, de
mécanisme, d'études de mœurs. N'en parlez pas si légèrement, je vous prie, devant
un confrère dont M. Paul de Kock partage
la popularité, non-seulement en France,
mais dans tous les pays où l'on parle la
langue française.

— Oh! par exemple, dire que ce que je
fais ne vaut pas ce que fait M. Paul de
Kock, c'est un peu fort!

— Madame, voulez-vous me permettre
de vous rappeler à la question, j'ai très
peu de temps à donner aux discussions
littéraires. Je trancherai donc la question
en vous disant que je vous prie de reprendre ces deux manuscrits, et de les

emporter assez loin pour que je n'en entende jamais parler.

— Alors, vous prenez mon *Volubilis*, vous le trouvez charmant, c'est gracieux, délicat, suave, n'est-ce pas? Vous le mettez dans le *Mousquetaire*?

— Remarquez, madame, que je n'ai pas dit un mot de tout cela.

— Comment vous n'avez pas dit un mot de tout cela?

— Non.

— Vous ne le mettez pas dans le *Mousquetaire*?

— Si fait, madame.

— Ah! vous le mettez dans le *Mousquetaire*, alors?

— Soit, mais à une condition.

—Oh! non. je vous en prie, sans condition.

— C'est impossible; tel qu'il est, votre *Volubilis* est une chose puérile.

— Comment, puérile?

— Pleine de fautes de langue.

— Oh! bah! qu'est-ce que cela fait, si les idées sont bonnes?

— Justement, c'est que je trouve que les idées n'ont pas une valeur suffisante.

— Vous dites qu'il n'y a pas d'idées dans mon *Volubilis?*

— Voulez-vous me permettre, madame?

— Mais non, monsieur, je ne vous permets pas de dire qu'il n'y a pas d'idées dans mon *Volubilis*. Ah! c'est trop fort!

— Madame, voulez-vous me faire la grâce de mettre votre *Volubilis* avec ses deux autres frères; le volubilis est une

fleur charmante ; mes murs en sont cou-
verts, comme vous le voyez ; eh bien ! vous
allez me le faire prendre en exécration.

— Oh ! l'on m'avait bien dit que je n'ar-
riverais jamais, que les auteurs étaient
jaloux les uns des autres.

— Pardon, madame, vous croyez que
c'est par jalousie.

— Mais enfin, il faut bien qu'il y ait
une raison.

— Il y en a trois, madame.

— Et lesquelles ? je serais curieuse de
les savoir.

— Je vais vous les dire : la première,
c'est que dans une chose d'art, si courte
qu'elle soit, il faut de l'art.

L'art vous manque complètement.

La seconde, c'est que lorsque cette

chose d'art est une nouvelle, un drame, un roman écrit en français, il faut savoir la langue française, et que vous n'avez pas la moindre notion de notre langue.

La troisième, c'est qu'il existe une chose, qui est de première nécessité pour écrire : c'est l'orthographe, et que vous ne paraissez pas même vous douter qu'il existe une orthographe.

— Mais, monsieur, qu'importe tout cela, si les idées...

— Vous m'avez déjà fait l'honneur de me le dire — si les idées sont assez élevées... ce à quoi je vous ai répondu...

— Oh! monsieur, vous allez mettre mon *Volubilis* dans votre *Mousquetaire*, n'est-ce pas?

— Je vous l'ai déjà dit, madame, je ne demande pas mieux.

— Ah ! je le savais bien, que vous seriez trop content.

— Je ne suis pas trop content, madame, je ne le suis pas même assez.

— Comment vous ne l'êtes pas assez?

— Non, madame ; et la preuve, laissez-moi vous le redire à mon tour, c'est que je ne le mettrai dans le *Mousquetaire* que si vous faites les corrections que je vais vous dire.

— Oh ! quant à cela, je vous préviens, monsieur, que je ne ferai pas la moindre correction.

— Et moi, je vous préviens, madame, que si vous ne faites pas la moindre correction, je ne mettrai pas le *Volubilis* dans le *Mousquetaire*.

— Comment, vous ne le mettrez pas dans le *Mousquetaire?*

— Madame, permettez-moi de vous dire que nous tournons dans un cercle vicieux. Voulez-vous ou ne voulez-vous pas faire les corrections que je vous indiquerai?

— Il n'y a rien à changer au *Volubilis* tel qu'il est.

— Le *Volubilis* tel qu'il est, madame, est une chose puérile, sans action, sans idée, sans but, sans correction, sans or— thographe, bonne à peine pour un journal d'enfants.

— Eh bien ! je porterai le *Volubilis* à un journal d'enfants, voilà tout.

— Je crois que vous avez raison, et le plus tôt sera le mieux.

— Comment, le plus tôt sera le mieux; alors, vous me mettez à la porte?

— Vous me croyez incapable d'une pareille grossièreté vis-à-vis d'une femme.

— A la bonne heure.

— Si vous étiez un homme.

— Eh bien?

— Ce serait autre chose.

— Comment?

— Oui, il y a longtemps que cela serait fait.

— Ah ça! mais, monsieur, une pauvre femme n'a donc plus le droit d'écrire?

— Si fait, madame; mais je ne crois pas qu'elle ait le droit d'aller chez un homme qui écrit et de le faire damner comme vous me faites damner, moi, depuis une heure.

— N'avez-vous pas donné l'ordre de me faire entrer?

— Si fait, madame, et je dois vous avouer que si c'était à faire, je ne le ferais plus. Ainsi donc, madame, je vous en supplie, par grâce, par pitié...

— Quoi?

— Laissez-moi tranquille.

— Eh bien! non, je ne vous laisserai pas tranquille.

— Comment, vous ne me laisserez pas tranquille?

— Non. J'ai du talent; j'ai le droit d'être imprimée, et vous m'imprimerez!

— Madame, si je ne craignais de vous

dire une vérité un peu dure, je vous dirais
que vous êtes folle !

— Folle, monsieur ! moi, folle ! Est-ce
qu'une folle écrit des choses comme le
Volubilis ?

— Ah ! madame, je croyais que je n'en-
tendrais plus parler de cette malheureuse
fleur-là.

— Le volubilis, une malheureuse fleur !
mais, monsieur, c'est une fleur charmante !

— Madame, vous n'êtes pas folle, je le
reconnais.

— Ah ! c'est bien heureux.

— Mais il y a une chose dont je commence à m'apercevoir.

— Laquelle ?

— C'est que vous allez me rendre fou.

J'ouvris la porte.

— Madame, j'ai mon feuilleton de demain à faire, je vous en supplie !

— Non, je ne m'en irai pas que vous n'ayez promis de mettre mon *Volubilis* dans votre *Mousquetaire*.

— Mais je vous ai dit que je ne demandais pas mieux que de l'y mettre.

— Je le crois bien.

— Oh! si j'avais l'habitude de jurer, cela me soulagerait au moins. Madame, voulez-vous faire à votre gredin de *Volubilis* les corrections que je vous indiquerai, et votre *Volubilis*, l'abominable fleur! je m'en souviendrai de celle-là! et votre *Volubilis* sera imprimé.

— Ah! monsieur, je serais si heureuse d'être imprimée ; je ne l'ai jamais été. Et

puis, j'en ai besoin, monsieur, bien be
soin.

— Ah ! si vous parlez comme cela, c'est
autre chose. Voyons, écoutez-moi, et tâ-
chez de ne pas m'interrompre.

— Est-ce que je vous interromps ?

— Non.

— A la bonne heure !

— Vous allez donc me laisser parler,
n'est-ce pas ?

— Mais, qui vous en empêche, de parler ?

— Vous, qui ne m'écoutez pas ?

— C'est que vous me dites aussi que
mon *Volubilis* est une mauvaise chose.

— Décidément, madame, vous avez un
démon dans le ventre, et comme je ne suis
pas le Christ pour vous exorciser, faites-

moi la grâce de me laisser travailler, madame, je vous en supplie.

— Oh! que je suis malheureuse, mon Dieu! mon Dieu! moi qui croyais que mon *Volubilis* allait enfin être imprimé.

— Madame, il le sera demain.

— C'est tout ce que je vous demande.

— Mais ne m'interrompez donc pas, sacredieu!

— Oh! si vous vous emportez.

— Vous trouvez qu'il n'y a pas de quoi? Mais Guatimozin était sur un lit de roses relativement à moi. Madame, voulez-vous m'écouter, ou voulez-vous vous en aller, ou voulez-vous que je m'en aille? choisissez.

— Mais pourquoi ne parlez-vous pas?

— Madame, voulez-vous faire de votre

Volubilis, non pas un chef-d'œuvre, le sujet
ne s'y prête pas...

— Oh! monsieur, on peut aussi bien
faire un chef-d'œuvre avec un volubilis
qu'avec autre chose. La Fontaine, par
exemple.

— Bon! voilà que vous allez vous comparer à La Fontaine!

— La Fontaine a fait des fables.

— Je le sais.

— Qui sont des chefs-d'œuvre, enten-
dez-vous, monsieur?

— Madame, vous ne voulez pas m'écouter, vous ne voulez pas vous en aller, je
m'en vais.

— Où vous en irez-vous? il pleut à
verse.

— J'irai où il n'y a pas de camélia, où il

n'y a pas de volubilis, où il n'y a pas de madame Bader.

Elle m'arrêta par le bras.

— Mais je ne veux pas que vous vous en alliez, moi; j'ai besoin qu'on m'imprime, j'ai compté sur vous, et vous êtes mon dernier espoir; et si vous me manquez, tout le monde m'a refusé partout, alors c'est fini pour moi.

— Ferez-vous les corrections que je vais vous dire?

— Je ferai tout ce que vous voudrez.

— Eh bien! voyons; il y a moyen de faire une espèce de petit drame de votre diable de *Volubilis*. Je vous réponds que demain il n'y en aura plus un dans le jardin.

— Mais, monsieur, est-ce qu'il y a des

drames dans les fables de La Fontaine ?

— Ah ! nous en revenons à La Fontaine ?

— C'est que je crois avoir quelque ressemblance avec lui.

— Avec La Fontaine ?

— Oui, monsieur.

— Soit ; eh bien ! si cela peut vous déterminer, je reconnais celte ressemblance ; eh bien ! oui, madame, il y a des drames dans les fables de La Fontaine ; il y a un drame dans *Maître Corbeau*, il y a un drame dans *la Cigale*, il y a un drame, un charmant drame, un drame plein de larmes dans *les Deux Pigeons*.

— Eh bien ! croyez-vous que mon *Volubilis* ne soit pas un drame ? Le moment où on le croit mort, par exemple, me semble assez dramatique.

— Madame, je vous ai dit que j'allais devenir fou, je vous ai dit que je le devenais, je vous préviens que je le suis, fou furieux, et que je vais me porter à quelque extrémité.

— Ah ! je vois bien que mon *Volubilis* ne sera pas imprimé, et que moi qui avais compté là-dessus pour être connue... Oh ! mon Dieu ! mon Dieu ! que je suis malheureuse !

Et madame Bader se mit à fondre en larmes.

— Eh bien, madame, écoutez, j'en serai quitte pour passer la nuit ; si je vous promets que votre *Volubilis* sera imprimé à commencer de demain, vous en irez-vous ?

— A l'instant même.

— Eh bien ! les corrections que je vous

eusse indiqué si vous m'aviez laissé parler...

— Vous croyez donc toujours que tel qu'il est...

— Votre *Volubilis* est un chiendent.

— Oh! monsieur, insultez-moi tant que vous voudrez, mais pas mon *Volubilis*.

— Je ne songe pas à vous insulter, je fais mes excuses à votre *Volubilis*; mais voulez-vous qu'il soit imprimé, ou voulez-vous qu'il ne le soit pas?

— Je veux qu'il le soit, monsieur, je le veux à tout prix.

— Alors, sacr... Vous me feriez blasphémer le nom du bon Dieu, ma parole d'honneur! Alors les corrections que je vous eusse indiquées — silence, je vous en prie, — que vous eussiez faites si vous n'étiez pas possédée, soit de paresse, soit d'orgueil; — laissez-moi achever, pour Dieu! — Eh bien, ces corrections, je les ferai.

— Vous?

— Moi-même.

— Oh! que vous êtes aimable!

— Me trouvez-vous bon pour votre correcteur?

— Oh! monsieur; et mon *Volubilis* sera imprimé?

— Demain le premier article paraîtra.

— Bien sûr?

— Vous recevrez le journal.

— Me permettrez-vous de venir vous remercier?

—Oh! quant à cela, non, non, non,

non, cent fois non, non, mille fois non, non, cent mille fois non !

— Mais pourquoi cela ?

— Parce que la première fois que je vous ai vue, vous avez failli me rendre fou, que la seconde fois vous me rendriez enragé.

— Je n'ai pas peur de vous.

— Je ne vous ferai pas le même compliment, et je vais vous en donner une preuve. Étienne !

Étienne accourut ; il m'entendait crier depuis un quart d'heure, et se tenait prêt à me porter secours en cas de besoin.

— Étienne, lui dis-je, si le typhus vient, vous le laisserez entrer ; si le choléra vient, vous le laisserez entrer ; si la peste vient, vous la laisserez entrer ; mais si

madame vient, vous lui direz que je n'y
suis pas.

— Mais mon *Volubilis* sera demain dans
le *Mousquetaire*?

— Il y sera.

— Vous m'en donnez votre parole?

— Je vous autorise à revenir s'il n'y est
pas. Maintenant, Étienne, reconduisez
madame; emmenez-la, emportez-la; mais
qu'elle s'en aille!

Et je tombai anéanti sur ma chaise.

Lorsque je revins à moi, elle était partie.

Vous étiez là, mon cher Siebecker, j'en
appelle à vous; ai-je ajouté ou retranché
quelque chose à la pure, à la simple, à
l'exacte vérité?

Répondez, la main sur la conscience.

IV

La dame au volubilis (suite).

Vous m'avez laissé anéanti sur mon fauteuil, ou plutôt sur ma chaise — car je ne me donne pas, pour écrire, le luxe d'un fauteuil — et il y avait bien de quoi, **vous en conviendrez.**

Siebecker sortit à son tour, et je restai seul.

Alors je songeai à la promesse que je venais de faire ; si imprudente qu'elle eût été, il s'agissait de l'accomplir.

Ce qui manquait, à mon avis, à cette bluette dont l'intrigue se passait dans le monde des fleurs, c'était l'absence de corrélation avec le monde des hommes. Il me semblait qu'il y aurait quelque chose de philosophique à montrer le monde végétal et le monde animal se côtoyant, sans que l'un comprît l'autre ; quelque chose de touchant à montrer la sphère inférieure, si toutefois — ce dont je suis parfois tenté de douter — si toutefois la plante est inférieure à l'homme, constamment victime des passions du monde supérieur, sans que celui-ci se doûtat que lorsqu'il effeuille une rose ou brise un œillet, il éteint une passion où brise une existence.

Je me mis à l'œuvre dans cette intention.

Au reste, nos lecteurs pourront comparer ce que mon travail avait ajouté ou ôté à madame Noé.

J'ai oublié de dire que j'avais demandé à mon bas-bleu si c'était sous son nom de Bader ou sous som de Dehesme qu'il voulait être imprimé, et qu'il m'avait répondu que c'était sous le nom de Noé.

Une heure après, un petit préambule dans lequel j'exposais ma théorie des deux mondes, était fait, ainsi que le premier chapitre.

Justement, celui de nos rédacteurs chargé de la mise en page du journal arrivait au même moment.

—Ah! tenez, mon cher Savigny, lui dis-je, il est venu ici une dame nommée madame Bader.

— Bon Dieu! où a-t-elle donc pris votre adresse? Nous lui avions dit que vous étiez à Buxelles, pour qu'elle ne vînt pas vous relancer jusqu'ici. Elle est venue plus de cinquante fois au journal, et elle a failli nous rendre tous fous!

— Quant à moi, elle n'a pas manqué, je viens d'avoir mon premier accès de folie; pour me débarrasser d'elle, voilà ce que j'ai fait.

Et je lui donnai le préambule et le premier chapitre du *Volubilis*, récrit de ma main.

— Vous voulez que cela passe dans le journal ? me demanda-t-il.

— Sans doute, puisque j'ai promis à cette dame que cela passerait.

— Eh bien ! vous allez voir ce qui va arriver.

— Les lecteurs trouveront cela mauvais ?

— Oh ! non-seulement...

— Quoi donc, encore ?

— La révolution que cela va faire au journal.

— Quelle révolution ?

— Sans doute. Il n'y a pas une phrase française dans son *Volubilis*, il n'y a pas un mot orthographié selon les règles;

nous lui avons dit que c'était inutile qu'elle s'entêtât et que rien d'elle ne serait imprimé. C'est un démenti que vous nous donnez à tous.

— J'en suis fâché, cher ami, mais il fallait me prévenir. D'ailleurs, comme les articles sont tout entiers de ma main, vous aurez la ressource de dire que le manuscrit primitif était en si mauvais français et si mal orthographié, que j'ai été obligé de le récrire.

— Alors, vous le voulez absolument?

— Puisque je vous dis que je lui ai promis que son damné *Volubilis* passerait demain.

— C'est bien, le journal est à vous, vous avez le droit d'y faire ce que vous voudrez ; mais, je vous le répète, que cela va faire une révolution.

— Contre qui ?

— Contre vous.

— Que diable voulez-vous, mon cher, on en a bien fait une contre Charles X et une contre Louis-Philippe.

— C'est bien.

Et Savigny se retira.

Deux heures après, Michel accourut. Vous connaissez Michel, celui qui signe vos quittances, chers lecteurs, je vous ai déjà plus d'une fois parlé de lui.

— Monsieur sait ce qui se passe au bureau ? me dit-il.

— Non.

— Ces messieurs donnent en masse leur démission.

— Quels messieurs?

— Eh bien ! mais, M. Savigny, M. Audebrand, M. Asseline, M. Scholl, M. de la
Madelène, tous, enfin.

— Ah ! Et à quels propos?

— Mais, parce que vous voulez mettre
un article de cette dame.

— Bon ! et que leur importe?

— Ils regardent cela comme une impoli-
tesse que vous leur faites. Demain matin,
ils vous apporteront leur *ultimaton*.

— Qui est?

— Qui est qu'ils quitteront tous ensemble la rédaction, si cette dame y
entre.

— Eh bien ! Michel, que voulez-vous?
Si ce malheur m'arrive, nous ferons le
journal à nous deux.

— Oh! et puis il y aura bien quelques amis de monsieur qui l'aideront.

— Oui; il y aura Méry, Saint-Félix, Emile Deschamps, nous nous en tirerons, allez, Michel; seulement, merci de l'avis.

Le lendemain, en effet, Savigny, Georges Bell et Audebrand se présentèrent chez moi.

Ces messieurs m'apportaient leur démission et celle de la rédaction tout entière.

Nous nous quittâmes après quelques minutes de conversation.

Après ces quelques minutes j'avais perdu des collaborateurs, mais, je l'espère, conservé des amis.

Quant à madame Bader, qui venait de

causer cette révolution dans le journal, je donnai plus que jamais l'ordre qu'on ne la laissât, sous aucun prétexte, arriver jusqu'à moi.

Le premier article des *Aventures d'un Volubilis* parut.

Je fis envoyer le journal à madame Bader.

Homme naïf que je suis resté ! je m'attendais à des remercîments pour la peine que j'avais prise, pour le service que je lui avais rendu, pour le trouble qu'elle avait porté derrière elle.

Je reçus cette lettre :

A M. Alexandre Dumas.

« MONSIEUR,

» Je vous remercierais d'avoir pensé à

moi et de faire insérer mon article, si cet article était de moi. »

Que dites-vous de la construction de la phrase, chers lecteurs? Elle est bonne, n'est-ce pas?

« Vous m'avez dit que vous changeriez quelque chose à la fin, mais il n'avait pas été question que vous le changeriez *tout au long*.

» Pardon, monsieur, de vous le dire, *mais vous supprimez des pensées*, et vous en exprimez d'autres qui ne sont pas de moi. »

Dites-moi, chère madame Bader, comment je puis supprimer des pensées qui ne sont pas de vous.

« Enfin, monsieur, il faut que je vous

le dise, vous ôtez toute la finesse de la pensée d'une femme. »

Soyez tranquille, madame, on vous la rendra cette finesse, si fine qu'elle a échappé à mes yeux.

« Vous détruisez ainsi la (épithète illisible) naïveté qui donne beaucoup d'attrait au récit.

» Ainsi, dans la bourrache, vous avez supprimé tout ce qu'il y a de gracieux.

» Dans le soleil, vous avez également biffé quelque chose de très attrayant.

» Car, monsieur, ce qui donnait beaucoup de *piquent* à cet article, c'est la grâce naïve, c'est la finesse de la pensée, c'est ce langage de la fleur, qui ne ressemble pas tout à fait à celui de l'homme. »

Pas du tout, même.

« Ce que vous avez fait peut être très bien, mais *j'aurais* mieux aimé *qu'il* fût moins bien, et en avoir tout le mérite.

C'est que, voyez-vous, monsieur, mes fleurs ! il n'y a que moi qui *doit* les retoucher, et j'ai beaucoup de coquetterie pour elles.

» Elles sont très coquettes aussi, et vous leur ôtez, je crois, *très sournoisement...* »

Que dites-vous du superlatif, chers lecteurs ? Me voilà jaloux du style de madame Bader ; et sournoisement je lui enlève de son œuvre ce qu'il y a de mieux, de peur que son *Volubilis* ne nuise à ce que je fais.

Reprenons le fil de la lettre, à laquelle je n'ôte rien, Dieu merci.

« Et vous leur ôtez très sournoisement ce petit défaut qui leur sied bien, ainsi que tout le brillant que je leur ai donné.

» Vous m'avez déjà pardonné mon petit orgueil. »

Non, madame Bader, non, je ne vous l'ai point pardonné. Puis, vous vous trompez sur la taille de votre orgueil ; vous l'avez regardé par le gros bout de la lorgnette, vous en faites un prince Colibri, quand c'est le géant du café Mulhouse.

« Vous êtes si aimable que vous voudrez bien, monsieur, je vous en prie, faire insérer le reste tel que je vous l'ai donné. S'il y a quelque incorrection échappée à la plume, le rédacteur se chargera de *les* faire disparaître, ce qui fait que j'aurai tout l'honneur de mon article, ce qui est très essentiel pour moi, si je *veut* me faire une profession de mon travail. Vous comprenez très bien cela, monsieur, et vous m'accorderez, je vous en supplie, ce que je demande.

» Recevez, monsieur, l'assurance de ma parfaite considération.

» CLÉMENCE BADER.

» (Madame NOÉ.) »

Deux heures après, on m'apportait cette lettre du bureau du journal :

A MM. *les Administrateurs du Mousquetaire.*

MESSIEURS,

» Je ne vis pas. Je ne puis tenir en place. Je voudrais être au *Mousquetaire.*

» Enfin, je le répète, *je tiens beaucoup*, j'exige même que mon article soit inséré tel que je l'ai donné. »

On ne tient *pas beaucoup que*, chère madame Bader, on tient beaucoup *à ce que*.

« Veuillez, je vous prie, faire selon mon désir, je suis en droit de réclamer, et l'on doit faire justice à ma réclamation. »

Justice y sera faite, soyez tranquille, chère madame Bader.

» Si, pour cela, on exige que cette lettre que j'ai écrite au bureau soit insérée, j'y consens de tout mon cœur. »

Vous le voyez, on ne vous économise pas la composition : celle-là et les autres, chère madame, vous aurez le plaisir de vous lire en lettres et en nouvelles.

« Le ciel m'aura protégée, sans doute ; je l'ai écrite en deux ou trois minutes, et il n'y a peut-être pas de fautes, comme je l'imagine, et ma foi ! à la grâce de Dieu. »

Cela ne vous rappelle-t-il pas les gens qui ne mettent pas l'orthographe, parce qu'ils écrivent avec une plume d'auberge ?

« J'aime mieux que l'on me reproche quelques légères incorrections, si toutefois il y en a dans mon article, ce dont je doute ; *car, moi, je prétends qu'il n'y en a pas.* »

Tant pis pour vous, madame, cela prouve que vous êtes fort entêtée.

« Enfin, quel qu'il soit, qu'on l'insère, je vous en supplie, tel qu'il est, parce que je tiens avant tout que le camelia et le volubilis soient bien de moi, et surtout que *ce soit* mes pensées, qu'on insère toutes mes lettres, s'il le faut, en guise de punition. »

Nous n'eussions pas osé, chère madame Bader ; mais, puisque vous le voulez absolument, nous ne voulons pas vous désobliger.

« Je m'y soumets, je m'y résigne.

» J'ajouterai même, que dans celle dont je parlais tout à l'heure à M. Vincent, dans laquelle il est question d'une petite barque sur la mer, petit *morceau de littérature très brillant,* comme j'avais l'honneur de le lui dire.

» J'ajouterai, dis-je, qu'on veuille bien

y glisser une ligne que j'ai oubliée par mégarde.

» Ainsi, après cette phrase :

» L'œil d'un habile ouvrier trouverait sans doute quelque défaut dans la structure.

» Mais qu'il se garde bien d'y toucher, car il l'abîmerait. Cette petite barque, malgré ses défauts, etc., etc. »

Vous comprenez l'allusion, n'est-ce pas, chers lecteurs ?

« Veuillez, messieurs, je vous le demande encore une fois, prier M. Dumas *quil* me laisse mon article et qu'il reprenne le sien. »

C'est ce que nous ferons, chère madame Bader, quoiqu'on ne dise pas *prier que*, mais *prier de*.

« Recevez l'assurance de ma considération distinguée.

CLÉMENCE BADER,

» (Madame NOÉ). »

Madame Bader nous a encore écrit une lettre de huit pages ; mais de celle-là nous en tenons quittes nos lecteurs.

Maintenant, nos lecteurs trouveront à la quatrième page du *Mousquetaire :* le *Volubilis* et le *Camellia* — que madame Bader nous permette d'ajouter un *l*, l'orthographe nous y force. — Nos lecteurs, disons-nous, trouveront à la quatrième page du *Mousquetaire :* le *Volubilis* et le *Camellia*, de madame Bader, dans toute leur finesse, dans toute leur grâce, dans toute leur naïveté, et avec toutes leurs fautes de français.

Ceci nous est une occasion de supplier les personnes qui font ou des romans, ou des pièces de théâtres, ou des nouvelles, de ne pas nous les envoyer, sous peine de n'en plus jamais entendre parler.

M. Pigeory, notre ami et notre architecte, étant occupé dans ce moment à exécuter, dans la maison de la rue d'Amsterdam, des oubliettes pour les ouvrages qu'on nous envoie, et au besoin pour les auteurs qui les apportent.

V

Je commence non pas avec le désir,
mais avec l'intention de ne pas faire la
causerie longue.

N'allez pas m'accuser de paresse; aujourd'hui ce serait plus qu'une calomnie,
ee serait un blasphême.

Vous ne savez pas le métier que je fais depuis huit jours?

Vous allez croire que je parle du journal que je fais à peu près seul? Ah! oui, il s'agit bien de cela ; ce métier, comme je compte le continuer, il ne faut pas que j'en dise du mal.

Non! il s'agit de mes répétitions du drame de *la Conscience*, que l'on joue ce soir, répétitions auxquelles j'assiste depuis huit jours.

En voilà encore un — je parle du drame — qui n'a pas eu une enfance heureuse.

Laissez-moi vous dire, chers lecteurs, un mot du grand garçon que vous allez voir ce soir, ou demain, ou après demain; car cela m'étonnerait, je l'avoue, s'il ne donnait pas le temps aux curieux de le visiter.

J'ai habité la Belgique deux ans, comme vous le savez. Eh bien, je ne sais si le docteur Castle, qui a remarqué en moi tant de choses singulières, a remarqué l'influence des lieux sur mon organisation.

En Belgique, je suis entré dans une voie de production assez inconnue jusqu'alors à moi et à mes lecteurs, quoique quelques-uns de mes livres, *Cécile*, *le Château d'Eppstein*, *Amaury*, aient pu en donner le prospectus.

En Belgique, j'ai fait à la suite de la lecture du *Conscrit*, *Conscience* ne pas confondre avec *la Conscience*. A la suite de la lecture des romans d'Auguste Lefontaine, le *Pasteur d'Ashbourn*, et enfin à la suite de la lecture du théâtre de Kotzebue et d'Iffland, la pièce de *la Conscience*.

La Conscience m'était demandée par M. Hostein pour le théâtre de la Gaîté. Laferrière devait y jouer le principal rôle.

On était très pressé d'avoir la pièce. Je l'écrivis donc en huit ou dix jours, selon mon habitude, je pris le chemin de fer, j'annonçai mon arrivée à Hostein ; on convoqua les artistes pour le lendemain.

J'arrivai à la lecture plein de confiance. Ne remarquez-vous pas, cher lecteur, combien je suis resté jeune sous certains rapports ? Laferrière avait lu la pièce dans la nuit et en était enchanté.

Les deux ou trois premiers actes allèrent assez bien ; mais, à mesure que je m'enfonçais dans la lecture, je sentais ce que sent le plongeur au fur et à mesure qu'il s'enfonce dans l'eau, c'est-à-dire que je passais tout simplement des couches tièdes aux couches froides, et des couches froides aux couches glacées.

La lecture s'acheva dans un morne silence.

Je me levai, je m'essuyai le front, je regardai mon auditoire.

C'était une grande audace de ma part, car mon auditoire n'osait me regarder.

Hostein s'approcha de moi tout embarrassé.

— Eh bien ! vous voyez, me dit-il.

— *Four*, n'est-ce pas ?

— Ah ! *four* complet ; il ne faut pas se le dissimuler.

— C'est aussi votre avis ?

— Je crois la pièce injouable.

— Messieurs, dis-je en me retournant vers mes auditeurs, je suis bien fâché de l'ennui que je vous ai causé. Cela ne m'arrivera plus.

Et je roulai mon manuscrit et le remis tranquillement dans ma poche.

Puis je saluai et sortis.

Dieu sait quel concert de condoléances dut se faire après ma sortie. J'étais décédé, mort, trépassé. Il n'y avait plus décidément au théâtre que Dennery et Anicet Bourgeois. Et encore, comme Anicet avait eu le malheur de travailler avec moi, il devait, s'il avait suivi la chute de son collaborateur, être bien bas, bien bas, bien bas.

Laferrière m'avait suivi, seul et unique consolateur de ma misère — il se tuait de me dire que j'avais fait un chef-d'œuvre — il me rendra justice de dire que je ne voulais pas le croire.

Je repartais le lendemain.

— Écoutez, me dit-il, voulez-vous me laisser la pièce pour en faire ce que je voudrai.

— Ah! mon cher ami, lui répondis-je, je le crois bien, mais, de votre côté, croyez-moi, faites-en ce que je n'ose pas vous conseiller d'en faire.

— Je vous en ferai votre plus beau succès, mon maître.

— Ainsi soit-il.

— Donnez.

— La voilà.

Et je la lui remis.

Laferrière me conduisit jusqu'au chemin de fer.

— Eh bien! me demanda mon cher Noël Parfait en me tendant les bras à la porte de la maison du boulevard Waterloo, eh bien, *la Conscience.*

— Morte et enterrée, cher ami, il n'y faut plus penser, je dois dire même que je viens, à cet endroit-là, d'éprouver un fier échec dans l'esprit des directeurs. Enfin que voulez-vous, nous sommes tous mortels.

— Sacrebleu! je trouvais cependant cela très bien, *la Conscience.*

— Eh bien, voilà. Hostein et les artistes de la Gaîté l'ont trouvé fort mal, et

ils doivent s'y connaître mieux que
nous.

— Et qu'avez-vous fait du manuscrit?

— Ma foi! j'allais le laisser au coin de
la première borne, quand Laferrière me
l'a demandé; il paraît qu'il a des inten-
tions sur lui.

Parfait rentra derrière moi en grom-
melant :

— Ah! ça; mais ils sont donc devenus
stupides, là-bas?

Ce n'était pas poli, je le sais bien, pour
les Parisiens. Mais que voulez-vous, chers
lecteurs, il faut bien passer quelque chose
aux exilés.

Et j'étais d'autant plus disposé à passer cette boutade à Parfait, que naturellement, en ma qualité d'auteur refusé, j'étais un peu de son avis.

Je n'avais pas de chance au théâtre :

Louis XIV arrêté par la censure;

Louis XV arrêté par la censure;

La Conscience refusée par M. Hostein. Ceci signalait à la fois une décadence morale et intellectuelle qui ne laissait pas que d'être inquiétante.

Sans compter que *Romulus*, encore iné-dit, venait d'être crânement sifflé à une représentation à bénéfice bruxelloise.

— Allons, dis-je en soupirant, remettons-nous à la *Comtesse de Charny*.

Et je me remis à la *Comtesse de Charny*.

Huit jours après, on m'annonce Laferrière.

— Ah! vous voilà, cher ami ?

— Me voilà.

— Quel bon vent vous pousse à Bruxelles?

— Je ne suis plus à la Gaîté.

— Bah! et où êtes-vous ?

— Je suis à l'Odéon.

— Oui, je comprends, et vous venez

me demander votre pièce de début?...
Oh ! non, non, non !

— Vous vous trompez.

— Tant mieux.

— Je l'ai.

— Quoi?

— Ma pièce de début.

— Tant mieux encore.

— C'est l'ouvrage d'un jeune homme
qui n'a encore rien fait.

— Et qui s'appelle?

— Alexandre Dumas.

— Quelle plaisanterie!

— Il n'y a pas de plaisanteries là-
dedans. J'ai été trouver Royer et Vaëz, je
leur ai lu *la Conscience*, ils en sont en-
chantés, et je vous apporte leur enga-
gement de jouer la pièce du mois de
septembre au mois de novembre prochain.

— Mon cher Laferrière, si vous faites
bien, croyez-moi...

— Connu! La pièce est mon bien, vous
ne l'avez dit. J'ai traité comme usufrui-
tier, ratifiez comme propriétaire; il n'y
a qu'une signature à mettre, là, tenez,
entre les signatures de Royer et de Vaëz.

— Ah! ma foi, dis-je, prenant la plume,

quand ce ne serait que pour être en si bonne compagnie.

Et je signai.

Chers lecteurs, c'est le résultat de cette signature que vous verrez ce soir.

Vous déciderez en dernier ressort entre M. Hostein, qui a prétendu que la pièce était détestable; MM. Vaëz et Royer, qui prétendent qu'elle est excellente, et moi, chers lecteurs, qui me garderai bien de vous dire mon opinion avant que vous ayez manifesté la vôtre.

VI

Je crois que je viens de trouver un moyen de rendre notre correspondance plus pittoresque, c'est de vous donner de temps en temps des causeries autographiées et illustrées.

C'est M. Dupont, un de nos premiers imprimeurs lithographes, qui nous en offre le moyen; aussi, je commence par l'en remercier.

Je ne sais pas encore quel agrément la chose aura pour vous; mais pour moi, elle aura celui de compléter ma pensée.

Ainsi, j'aurai à vous parler des hommes à queue de notre ami Hadji-el-Hamid, autrement dit Ducouret; j'irai trouver Ducouret, rue du Cherche-Midi, 30, et je lui dirai :

— Cher ami, faites-moi donc un dessin de votre homme à queue, la chose est absolument nécessaire à l'intelligence de mon récit.

Ducouret prendra une plume fera son dessin à la place indiquée, et vous aurez votre homme à queue.

Voyez plutôt.

A propos de Ducouret, je crois, dans une causerie précédente, vous avoir tracé l'itinéraire de l'intrépide voyageur ; eh bien ! dans sa reconnaissance, ce vieil ami vient de mettre à notre disposition dix volumes de voyages, dans lesquels il nous autorise à prendre, et dans lesquels nous prenons.

Incessàmment vous allez donc voyager, chers lecteurs, avec Hadji-Abd-el-Hamid de la mer Rouge au Zangueber, et de Constantinople à Tuggurth, et de ce voyage, vous aurez tout le plaisir, sans en avoir la fatigue, et sans en courir les dangers.

Ce voyage pourra faire une excellente suite à mon voyage au Sinaï avec mon ami Dauzats, voyage que je n'ai pas fait, et dans lequel, cependant, au dire d'Ibra-him Pacha, j'avais si bien vu l'Egypte.

Il est vrai que je l'avais vue dans les cartons de Dauzats.

A propos de Dauzats, je l'oubliais.

Tenez, il est là dans une chambre à côté, où il prend une tasse de thé avec ma fille.

— Dauzats!

— Quoi?

— Viens ici, et fais moi un dessin, cher ami.

— Ou?

— Là.

Dauzats prends la plume, et comme nous sommes en pleine Arabie, il vous fait deux voyageurs à chameau se reposant sous un sycomore, avec une source à leurs pieds, et une mosquée dans le lointain.

Un autre jour ce sera Boulanger, un autre jour ce sera Giraud, un autre jour ce sera moi.

Pourquoi pas? est-ce que je ne fais pas un peu de tout.

Par exemple, l'autre jour, au Jardin-des-Plantes, j'ai fait le dessin d'un gorille.

— Qu'est-ce qu'un gorille? me demanderez-vous, chers lecteurs.

— C'est le pendant d'un homme à queue, mais sans queue.

C'est l'animal, si toutefois on peut appeler ce gaillard-là un animal; c'est l'animal, disons-nous, qui dans ce moment-ci a l'honneur de partager avec les Niam-Niams l'attention des savants.

Peut-être, pendant que vous êtes en

train de me faire des questions, me demanderez-vous ce que c'est qu'un savant?

Un savant est un homme qui commence
par tout nier.

Les savants ont nié l'Amérique; ils ont
nié le mouvement de la terre; ils ont nié
la circulation du sang; ils ont nié la vac-
cine; ils ont nié la vapeur; ils ont nié la
girafe; ils ont nié le gorille, et ils sont en
train de nier les hommes à queue.

Christophe Colomb a répondu en dé-
couvrant l'Amérique, Galilée en prouvant
que c'était la terre qui tournait, Hervey
en faisant reconnaître par le monde entier la vérité de son système, Jenner en
tuant la petite vérole, Fulton en faisant

marcher les bateaux à vapeur, Levaillant
en rapportant d'Afrique une girafe em-
paillée, et le capitaine X... en envoyant
au Musée un gorille conservé dans un
tonneau de rhum.

Il est vrai qu'on ne connaissait, dans
l'antiquité, le gorille que par Hennon,
qui en fait une description terrible, décla-
rant que ces monstres sont si féroces,
qu'il est impossible de les prendre vivants.

Ses compagnons en avaient tué trois
dans une chasse, avaient rapporté leurs
peaux à Carthage, et les avaient consa-
crées dans le temple de Vénus Astarté.

Chez les modernes, on ne connaissait

les gorilles que par les traditions recueil-
lies dans l'intérieur de l'Afrique, et par
les récits des nègres, qui affirmaient pré-
férer la rencontre d'un lion ou d'un tigre
à celle d'un de ces singes gigantesques.

Les nègres leur donnent le nom de
Djinnas, et disent que les tigres et les élé-
phants abandonnent à ces terribles adversaires les contrées qu'il leur convient de
choisir, ayant reconnu l'inutilité de lutter
contre eux.

Depuis quelque temps, de leur côté,
plusieurs capitaines anglais, français et
américains avaient signalé l'existence des
djinnas et donné sur eux des renseigne-
ments plus précis. Ils avaient reconnu

que c'était un singe de la plus grande espèce, portant près de six pieds de haut,
ayant un demi-mètre de longueur de l'oc-
ciput au museau, armé d'une mâchoire
pareille à celle du lion, avec des bras dé-
mesurement longs, une poitrine énorme,
des cuisses et des jambes grêles, mais
d'une agilité surprenante.

Des matelots de différents équipages
avaient raconté à leurs capitaines que des
djinnas, au lieu de fuir à leur approche,
s'étaient élancés sur eux, leur avaient
arraché des mains leurs fusils de muni-
tion et les avaient tordus, bois et fer,
comme des roseaux.

Bien plus, un djinna blessé avait reconnu dans la troupe qui le poursuivait l'homme qui avait tiré sur lui, l'avait été chercher au milieu de ses compagnons, l'avait pris sous son bras et emporté comme eût fait un commis marchand d'une valise.

On n'avait jamais revu ni le djinna ni le matelot.

Enfin un de nos amis, le capitaine P..., rapportait le fait suivant :

Remontant le Sénégal et ses affluents, il voulut vérifier la vérité de ces assertions et résolut de pousser jusqu'aux contrées habitées par les djinnas. Des naturels, alors, lui racontèrent bon nombre de

faits semblables à ceux qu'il avait déjà
entendus et qui lui parurent si étranges,
qu'il n'y pouvait croire. C'était au moment
des récoltes surtout que les djinnas, selon
les récits de ces nègres, étaient à craindre.
Alors ils descendaient par troupe des fo-
rêts, s'abattaient sur les moissons, venant
jusqu'aux villages, dévastant tout, enle-
vant les femmes, les emportant entre leurs
bras, sautant avec ce fardeau, qui ne paraissait pas leur peser, de branche en
branche ou de rocher en rocher, et met-
tant enfin en charpie les hommes assez
insensés pour essayer de lutter contre
eux.

Une chasse fut résolue. Des matelots
expérimentés conduits par des indigènes

s'approchèrent des bois fréquentés par les gorilles. Un contre-maître eut même la chance d'en rencontrer un endormi. Il lui introduisit aussitôt le canon de son fusil entre les dents et lâcha le coup.

Le coup lâché, le contre-maître, qui croyait son gorille exterminé, se retourna pour appeler du geste le capitaine et ses compagnons; mais le gorille, qui n'était pas mort et qui avait le réveil maussade, à ce qu'il paraît, frappa le contre-maître d'un coup de poing derrière la nuque, et l'étendit mort.

Les chasseurs accourus ne trouvèrent que des débris de mâchoires, du sang, et leur compagnon assommé.

Les savants continuaient de nier.

Maintenant, voici le portrait de cet ai—
mable animal, *fait d'après nature sur l'in-*
dividu envoyé au Jardin-des-Plantes par
le capitaine X...

Les savants *commencent* à avouer que
le gorille pourrait bien, en effet, exister.

Incessamment, chers lecteurs, le voyage
de notre ami Hadji-Abd-el-Hamid.

Sur ce, je prie Dieu de vous tenir en sa
sainte et digne garde.

VII

Vous croyez peut-être que je vais vous parler des *Mohicans*. — Non, je vous les donne, voilà tout.

Je vais vous parler d'une question qui divise à cette heure le monde savant et

qui va probablement amener une déclaration de guerre entre le côté droit et le
côté gauche de l'Académie des sciences.

Il ne s'agit de rien moins que de la
découverte, faite depuis quelque temps,
d'une tribu d'hommes à queues' qui ha-
bitent le plateau éthiopien, à quelques
lieues de l'équateur — quelque part comme
cela, vers les sources du Nil.

Or, voilà que moi, qui connais tout le
monde, je connais intimement le voyageur qui a soulevé cette grave question.

Je vais donc vous parler, non pas des
hommes à queues, aujourd'hui du moins
— notre ami Daumas vous en a déjà dit
quelques mots pour vous faire prendre
patience — mais de leur inventeur.

En 1835 ou 36, je faisais, à bord du *Tancrède*, la traversée de Gênes à Livourne; — à mon arrivée, sur le pont, quelqu'un me nomma, et je vis alors se détacher de la muraille du bâtiment et venir à moi un homme vêtu du costume des Arabes du Liban.

Quand je vois un costume arabe, les ailes que Dieu a attachées à mon imagination, au lieu de les attacher à mes épaules, s'ouvrent d'elles-mêmes, et je suis prêt à m'envoler vers le pays des rêves d'or.

Aussi, voyant l'Arabe venir à moi, j'allai à lui.

— Monsieur Dumas, me dit-il, voulez-vous me permettre de me féliciter du hasard qui nous réunit sur le même paquebot?

Je m'inclinai, en me disant à moi-même :

— Ces diables d'orientaux, comme ils vous parlent le français!

— Je vous ai cherché à Paris, partout où je croyais vous trouver, mais inutilement, continua l'Arabe.

— Pourquoi n'êtes-vous pas venu chez moi?

— Je me suis présenté dix fois, on m'a toujours dit que vous n'y étiez pas.

— Il fallait laisser votre nom?

— Il vous était inconnu.

— Vous aviez quelque chose à me dire, monsieur?

— Vous venez de publier avec M. Dauzats, continua l'Arabe, un livre intitulé : *Quinze jours au Sinaï.*

Je rougis légèrement.

— C'est vrai, lui répondis-je.

— Eh bien, j'avais à vous répéter ce que j'avais entendu dire à Ibrahim-Pacha.

— Et qu'avez-vous entendu dire à Ibrahim-Pacha.

— Que vous étiez un des hommes qui avaient le mieux *vu* l'Egypte.

Cette fois, je ne me mis point à rougir, je me mis à sourire.

— Seulement, il regrettait de ne pas vous avoir connu.

— Ah! vraiment.

— Pourquoi, allant au Caire, n'avez-vous pas été personnellement lui faire une visite, c'est un homme très remarquable et qui vous eût parfaitement reçu.

— D'après ce que je sais du prince, je n'en doute pas, monsieur, mais il y avait une raison péremptoire pour que je me privasse de cet honneur.

— Est-ce indiscret de vous demander laquelle ?

— Oh ! mon Dieu non. C'est que je n'ai jamais vu l'Égypte que dans les cartons de mon ami Dauzats.

— De sorte que ce voyage au Sinaï ?...

— Je l'ai fait en imagination, avec mon ami Taylor.

— Voilà tout ?

— Voilà tout.

— C'est fâcheux que vous n'ayez point

parcouru ces pays-là par vous-même. Ayant écrit, ce que vous avez écrit sans les avoir vus, qu'auriez-vous fait les ayant vus ?

— Quelque chose de plus exact, à coup sûr; mais de moins poétique, peut-être.

— C'est possible, dit l'Arabe; le compliment d'Ibrahim n'en existe pas moins et n'en a que plus de mérite.

— Mais vous, monsieur, vous les avez vus ces pays merveilleux ?

— J'en viens.

— Et vous y retournez.

— Sans doute; il a un proverbe arabe

qui dit : — Dès qu'un étranger met le pied en Orient, il lui pousse des racines aux pieds.

— Alors vous n'êtes point Arabe?

— Je suis Français.

— Et vous vous nommez?

— Je me nomme du Couret; vous voyez que ce nom n'a rien d'Oriental. Aussi vais-je en changer, aussi bien que de religion.

— Vous allez vous faire musulman?

— Oui.

— Et pourquoi cela?

— Parce que je veux voyager dans l'É-
thiopie, sur la mer Rouge, dans l'Yemen,
en Perse, dans l'Inde. J'ai aussi un autre
projet, mais pour plus tard. Je voudrais
traverser le continent africain, du nord
au sud, d'Alger au cap de Bonne-Espé-
rance, en m'arrêtant et en séjournant à
Tomboctou et au lac Tehad. Or, vous
comprenez bien, je ne puis entreprendre
toutes ces pérégrinations qu'en renonçant,
sinon à mon titre de Français, du moins à
la religion catholique.

J'écoutais ce que me disait cet homme
et je croyais entendre le rêve d'un fou,
d'une cicogne ou d'une hirondelle.

Mais comme ce rêve prenait une cer-

taine réalité en passant par la bouche de
mon compatriote ; comme il y avait dans
l'esprit qui me l'exposait un grand fonds
de volonté ; comme on sentait que cet
homme se ferait tuer ou qu'il ferait ce
qu'il promettait de faire, je voyageai en
imagination avec lui, dans tous les pays
où il lui plut de me mener, jusqu'à ce qu'à
Livourne nous prissions congé l'un de
l'autre, lui continuant de voguer vers
l'Est, moi faisant un crochet vers le
Nord en m'arrêtant modestement à Florence.

Quinze ans s'écoulèrent. J'avais oublié
du Couret et son rêve. On sonna un matin
à ma porte, et mon domestique m'annonça
Hadji-Abd-el-Hamid-Bey.

Ce qui voulait dire : le colonel pèlerin, serviteur de Dieu.

J'ordonnai de faire entrer.

C'était du Couret.

Je le reconnus à l'instant même, quoiqu'au lieu du costume des Arabes du Liban, il portât celui des Turcs du Caire.

Voulez-vous savoir ce qu'il avait fait pendant ces quinze ans?

Il avait, en me quittant, été à Constantinople, puis à Smyrne, puis à Rhodes, puis au Caire. Il avait remonté le Nil, visité Thèbes, Philœ, Dongola, le Sennaar, le

Kordofan, le pays de Noubah, le pays de
Tuklavi, le Bouroum. Suivez-le, si vous
pouvez, sur la carte, et s'il y a une carte
qui mentionne les pays qu'il a parcourus.
Il était revenu au Sennaar. Il avait visité
l'île de Méroé, était descendu à Souakin,
avait remonté la rive gauche de la mer
Rouge jusqu'à Suez, en avait descendu la
rive droite jusqu'à la Mecque. Là, suivant
son projet, il avait adopté l'islamisme, avait
fait le pèlerinage à Médine, la seconde des
villes saintes, avait exploré la province de
Hedjah, les montagnes de l'Assir, l'Yemen.

Là, vaincu par le climat fiévreux, par
la mauvaise qualité de l'eau de puits, il
était tombé malade, s'était traîné jusqu'à
Sanah; de Sanah, avait gagné Mareb,

l'ancienne capitale de la reine Nicaulis, avait retrouvé dans le Ladramont la trace d'Arnaut, cet autre voyageur dont un jour je vous ai raconté les aventures ; de là, il avait atteint Mascate sur le golfe Persique. Bien accueilli par l'Iman Sïad-Sïad, il avait parcouru l'Oman, fait naufrage en face de Gebel-Ménéfié ; était tombé aux mains d'une tribu anti-mahométane , et avait été conduit par elle sur le marché de Dereyhe ; acheté par le petit-fils de Wahab, chef de la tribu des Wahabites, le Luther musulman , transporté mourant par son maître, ou plutôt par son libéra-teur à Koêth, point culminant du golfe Persique, il avait profité du voisinage pour visiter Bassora, Zuber, Koma, d'où il avait touché en quelque sorte d'une

main le Tigre, et de l'autre, l'Euphrate ; il
avait traversé la grande tribu de Montefix,
été à Bagdad, traversé le pays des Aneses,
était revenu à Bagdad, mourant, s'était,
pour la troisième fois, couché à Bassora
sur le lit de l'agonie, s'en était encore
une fois relevé, avait repris son chemin
vers Mascatn, s'y était arrêté le temps de
reprendre ses forces, s'était embarqué
dans le golfe Persique, avait traversé dia-
gonalement la mer, avait débarqué à Zanzibar, y avait été recueilli sur le brick *le
Berceau* par l'amiral Romain-Desfossés,
avait été transporté par lui à l'île Bourbon,
s'y était engagé comme interprète à bord
de la corvette le *Cormoran*, dans le but
d'aller chercher les fragments antiques
retrouvés par mon ami Botta, dans les

fouilles de Ninive, était revenu à Mascate, était retourné à Bassora, y avait quitté le navire, s'était enfoncé vers Ispaham, y était entré au service de Mehamed-Shah, dénoncé comme Français et comme chrétien, avait été bâtonné et jeté en prison, avait séduit son geôlier avec l'or caché dans les semelles de ses babouches, s'était évadé sous un costume de femme, était venu à Shiras, avait visité Persépolis, Ecbatane, Suze, le Beluchistan, le Bender-Bouchir, le Bender-Albani Ormuz, l'île de Karack, Bombay, était remonté à Mascate pour la troisième fois, avait longé la côte jusqu'à Hargiah, était allé à Socotora, à Mogadoxo, à Melinde, à Jabah, à Monbah, à Killoa, à Mozambique, à Kerimb, et, enfin, pour la seconde fois était arrivé mourant à Zanzibar.

Là, il s'était, après deux mois de con-
valescence, embarqué pour les Comores,
avait débarqué à Tamatave, avait remonté
la côte de Magadascar jusqu'au Tanana-
rive, était revenu à Bourbon, y était resté
trois mois malade de la fièvre et du scorbut, et enfin se retrouvait à Paris — après
avoir passé par le Cap et Sainte-Hélène.

Je le croyais guéri de la manie des
voyages, — on dit *qui a bu boira*, — *qui a
joué jouera*, — il y a un troisième proverbe
à ajouter à ceux-là, c'est *qui a voyagé
voyagera*.

Il revenait en France dans l'espoir de
faire son grand voyage d'Afrique.

Après un an de sollicitation aux minis-
tères du commerce, de l'instruction publique et des affaires étrangères, il reçut une
mission, ceignit ses reins de nouveau, reprit son bâton de nouveau, aussi leste,
aussi ingambe, aussi peu fatigué que s'il
ne venait pas de faire trente à trente-
cinq mille lieues, — trois ou quatre fois la
valeur du tour du monde.

Maintenant, le voilà encore une fois de
retour, l'infatigable voyageur. Il a parcouru toute la Tunisie, visité Sfax, pénétré jusqu'à la petite Syrte, traversé le lac
Melr'ir, Louat-Souf, Louatrir, où, arrêté
par le soulèvement général des tribus, il
s'est battu dans les rangs du sultan de

Tuggurth, est revenu à Biscarah, et, rappelé par le ministre de l'instruction publique, est rentré à Paris, en passant par ces faubourgs de la France qu'on appelle Constantine et Philippeville.

Et comme il faut que le voyageur infatigable, que le lutteur qui a vaincu la fatigue, la fièvre, la peste, le choléra, le simoun, le scorbut, l'ouragan, le naufrage, lutte incessamment, il est en train de vaincre l'Académie des sciences, et de lui prouver que, vers l'équateur, il y a des monstres intermédiaires entre les singes et les hommes, qui ont une langue comme les hommes, et une queue comme les singes.

Vous voyez bien, cher lecteur, que Fourier n'était pas si absurde qu'on veut bien le dire, que nous nous acheminons tout doucement vers la perfection, et que, du moment où il existe des hommes ayant une queue de trente centimètres, je ne vois pas pourquoi il n'en existerait pas un jour ayant une queue de trente pieds. C'est une question de végétation comme celle qui se débat entre le roseau et le bambou.

VIII

Réponse à M. M*** qui me reproche de ne plus faire de causeries.

Oui, vous avez raison, monsieur; je suis peut-être en avance comme romancier, mais je suis en retard comme causeur.

Pourtant il n'y a pas de ma faute, comme vous paraissez le croire.

Ce qui m'avait le plus séduit dans la création d'un journal, c'était cette communication d'idées, cette communion de sentiments que j'établissais avec mes lecteurs.

Cette communication d'idées, cette communion de sentiments ont produit leurs résultats. — Avec votre aide, chers lecteurs ; avec votre concours, belles lectrices, je ne dirai pas j'ai fait, mais nous avons fait un peu de bien.

Mais je vous assure, eh pourquoi ne pas vous avouer cela, monsieur! est-ce que je n'ai pas l'habitude de tout dire, tout haut, publiquement, sans restriction, soit que je dise ce que je pense, soit que je dise ce que je fais.

Je vous avoue que j'ai eu un grand désappointement.

Quand j'ai commencé le *Mousquetaire*, quand j'ai vu la façon dont arrivaient les quinze cents premiers abonnés, j'ai naïvement cru que la chose allait toujours marcher ainsi, et j'ai crié victoire.

De quinze cents, nous avons passé à trois mille, et j'ai crié : Hosanna !

Mais soit ma faute, soit la faute des préoccupations politiques, soit qu'il existe un certain nombre d'abonnés aux publications littéraires et pas plus, notre tirage s'est arrêté à trois mille deux cents, et n'a point dépassé ce chiffre, c'est-à-dire que nous faisons nos frais, pas davantage.

Tout le monde me dit que c'est la faute de l'été, et qu'au mois d'octobre, nous allons faire merveille.

Je ne demande pas mieux que d'être de l'avis de tout le monde.

Mais, en attendant, le journal, comme l'a très bien dit mon bon ami Millaud, le journal est une bonne action, mais c'est une mauvaise affaire.

J'ai, pour la rendre meilleure, consulté force gens expérimentés.

Les uns m'ont dit :

Les *annonces*, il n'y a que les *annonces*.

Je vous avoue, chers lecteurs, que l'annonce me répugne fort ; je veux bien vous confier quelquefois moi-même dans nos causeries intimes que je me crois un peu d'esprit, que je me reconnais un peu de talent ; je ne gronde pas même le prote qui lit mal mon écriture, la plus lisible de toutes les écritures, et qui met *beaucoup* au lieu d'*un peu* ; mais je vous avoue que rien ne me répugne au monde comme l'éloge à deux francs, deux francs cinquante centimes la ligne.

J'ai donc prié les gens expérimentés de me donner un autre moyen.

Les gens expérimentés se sont grattés l'oreille et m'ont dit :

Les commis voyageurs, mon cher, *les commis voyageurs !*

Permettez-moi, chers lecteurs, de vous avouer, puisque nous en sommes aux aveux, que ma sympathie pour les commis voyageurs n'est pas beaucoup plus grande que pour les annonces. Je connais les re-buffades auxquelles sont exposés les pau-vres gens qui viennent vous offrir à domi-cile des bonnets de coton, de la toile de Hollande, et du vin de Bordeaux. Dans tous les coins de la France, il me semblait entendre de mon cabinet les discussions qui s'établissaient sur ma littérature, en-

tre mes commis voyageurs essayant de
forcer les portes et les concierges, les valets de chambre et les huissiers, les re-
poussant dans la rue, sur l'escalier, ou
vers l'antichambre.

C'est à en avoir la chair de poule.

J'abandonnai donc les commis voyageurs comme j'avais abandonné les annonces; toute la différence qu'il y avait
entre eux, c'est que les annonces disaient
du bien de moi à trois francs la ligne, et
les commis voyageurs à cinq francs par
jour.

J'en revins donc aux gens expérimentés.

Les gens expérimentés se frappèrent la tête, et me dirent :

— Timbrez votre journal, ce sera une dépense de trois cents francs par jour, mais vous ferez pour six cents francs d'annonces, ce sera trois cents francs de bénéfices par jour.

Trois cents francs par jour font cent huit mille francs de bénéfices par an.

Je reconnus la vérité de l'axiôme, et l'exactitude du chiffre, mais le *Mousquetaire* avait-il été fondé pour annoncer le taffetas Leperdriel — le kaïffa d'Orient — et les consultations sur les maladies secrètes du docteur Charles Albert. — Non, à mon avis, du moins, et il m'en coûtait si fort de changer d'avis, que je renonçai au timbre, comme j'avais renoncé aux annonces.

Il en résulta que le *Mousquetaire* resta avec trois mille deux cents abonnés, et que voilà qu'en s'obstinant à en demeurer là, il m'enlève ma principale joie.

Ma causerie.

Et pourquoi vous enlève-t-il cette joie, me demanderez-vous, chers lecteurs, belles lectrices.

Je vais vous le dire en deux mots, et avec ma naïveté ordinaire.

C'est que, comme mon cher enfant

gâté, le *Mousquetaire* mange trois cents lignes de mon écriture par jour, et ne me
rapporte absolument rien ; je suis obligé
de faire trois cents autres lignes par jour
pour un journal qui rapporte quelque
chose.

Trois cents lignes au *Mousquetaire*, et
trois cents lignes à un autre journal font
six cents lignes.

Six cents lignes font trente mille lettres par jour.

Trente mille lettres par jour font un volume tous les sept jours, cela fait un peu
plus de quatre volumes par mois.

Un peu plus de quatre volumes par mois font cinquante volumes par an.

Cinquante volumes par an font quinze heures de travail par jour.

Or, les journées ont vingt quatre heures, du moins jusqu'à présent ; celui qui les fera de quarante-huit me rendra un énorme service.

Il en résulte que les journées de quarante-huit heures n'étant pas encore inventées, il ne me reste en dehors de mon travail que neuf heures.

Mettez deux heures pour trois repas, deux heures pour les dérangements inévitables d'un homme que l'on croit influent en toute chose, et qui non-seulement ne l'est pas, mais ne veut l'être en rien.

Mettez une heure pour lire et prendre des notes.

Restent quatre heures de sommeil.

Pas une minute pour la causerie, chers lecteurs, belles lectrices. Que faire? les gens expérimentés sont au bout de leurs idées.

Je n'ai donc plus d'espoir qu'en vous.

Tenez-moi lieu d'annonces chers lecteurs.

Faites-vous mes commis voyageurs, belles lectrices.

Envoyez-moi chacun ou chacune un abonné nouveau ; chacun ou chacune de vous a bien une victime à immoler, voyons.

Cela me fera six mille six cents abonnés.

Alors je vous donnerai tous les jours trois cents lignes de causeries et trois cents lignes de romans.

Ou sinon, je prendrai une heure sur mes quatre heures de sommeil, et je vous le dis, il m'en coûte tant de ne pas causer avec vous, que, dussé-je causer en rêve, je causerai.

A bientôt donc, chers lecteurs — à bientôt donc, belles lectrices.

IX

A force de travail, de jours et de nuits
passés, nous avons à peu près acquitté
toutes nos dettes vis-à-vis des autres.

Nous allons donc être tout entier à vous,
et j'espère que vous vous en apercevrez.

Nous avons fini, comme vous savez, pour l'Italie un roman que publie en ce moment le *Constitutionnel*, sous le titre du *Page du duc de Savoie*.

Nous avons mis la dernière main à notre drame de *la Conscience*, que l'Odéon offrira respectueusement à son public, de samedi en huit au plus tard.

Il ne nous reste plus qu'à donner, pour le 20 du mois prochain, *le Salteador* à notre ami Desnoyers, et le 1ᵉʳ janvier 1855, *les Mohicans de Paris* à notre ami Fournier ; c'est-à-dire : au premier, un drame en neuf tableaux ; au second, un drame en douze.

Puis, laissez-nous vous dire que nós

trois dernières journées ont été prises pour une représentation au bénéfice d'une artiste — représentation qui aura lieu jeudi à l'Odéon, et qui se composera :

De *la Dame aux Camélias*, jouée par Fechter et madame Doche ;

De *la Joie fait peur*, jouée par MM. Régnier, Delaunay, Candeilhe, madame Allan, mademoiselle Félix et mademoiselle Dubois ;

Et de *la Corde sensible*, jouée par les artistes du Vaudeville.

Passons à autre chose.

Peut-être ne vous apprendrai-je rien

de nouveau en vous annonçant que je publiais dans le *Siècle* un roman intitulé *Ingénue*, fait depuis plusieurs années.

Hier matin j'ai reçu cette lettre :

« Vous ignorez peut-être, mon cher Dumas, que votre Ingénue existe encore ; elle demeurait rue Favart, n° 6, d'où elle a déménagé le 15 de ce mois pour aller debiter rue d'Alger. — Ses moyens d'existence paraissent être le produit de la vente de chapelets qu'elle fait dans une petite église que l'on croit située rue de Provence.

» Je vous donne cet avis à telle fin que de raison, et profite de la circonstance pour vous réitérer l'assurance de ma vieille amitié.

> » A vous de cœur,

> » LEFÈVRE,
>
> » Rue Vieille-du-Temple, 19. »

Comprenez-vous, cher lecteur, la fille de Rétif de la Bretonne, vivant encore! Cette intéressante créature, dont le nom allait si bien à la personne! cette *Ingénue*, dont le père raconte les malheurs — dans ses *Nuits de Paris!* — *Ingénue*, vivante et dans la misère! quand je la croyais morte, et au moins jouissant du triste repos de la mort!

C'est à vous, mon cher Lefèvre, de la

chercher, de la trouver, de lui dire que je suis là, moi, que j'ai la conviction que le gouvernement ignore que la fille de l'auteur de *la Paysanne pervertie, des Contemporaines, des Nuits de Paris*, de celui que son époque avait surnommé le Rousseau du peuple, a besoin de son secours, que, s'il le sait, je suis certain qu'il fera pour elle ce qu'il a fait pour la fille de Sedaine; que, dans tous les cas, nous avons par bonheur à la tête des principaux théâtres de Paris des directeurs hommes de lettres, Royer et Vaez à l'Odéon, Marc Fournier à la Porte Saint-Martin, Desnoyers à l'Ambigu, Hostein à la Gaîté, et qu'elle n'aura que la peine du choix pour une représentation à bénéfice à celui des théâtres à qui elle fera l'honneur de le choisir.

En route donc, mon cher Lefèvre, j'attends votre réponse.

Il va sans dire qu'à la première nouvelle de l'existence de cette héritière de Rétif de la Bretonne, notre roman a été suspendu jusqu'à ce que l'autorisation des personnes intéressées nous permette de le reprendre.

Eh bien! chers lecteurs, toute cette besogne faite, je suis revenu à vous ou au *Mousquetaire*, c'est tout un.

Voilà de quoi se composera votre trimestre d'anniversaire, car le 20 du mois prochain il y aura un an que nous existons.

Pendant un an, le désir de rester en communication avec vos sympathies m'a fait faire un travail auquel eût succombé tout autre que moi.

Pendant cette année je vous ai donnée, tant en causeries qu'en mémoires, romans, traductions, écrits de ma main, plus de trente volumes.

J'en ai fait trente en dehors. C'est donc soixante volumes que j'ai produits.

Dix années à peu près de l'Académie.

Voilà, dis-je, de quoi se compose votre trimestre.

D'un charmant livre du capitaine Mayne

Reid, homme aux larges perspectives, aux horizons immenses.

Ce livre est intitulé : *la Famille perdue dans le désert*, et est traduit par son élégant et consciencieux interprète, Allyre Bureau.

Du *Pèlerinage à la Mecque et à Médine*, par Hadji-Abd-el-Hamid, cet ami de vingt ans que j'ai revu au bout de vingt ans, et qui, pendant ces vingt ans, avait fait mille lieues par année.

Si vous trouvez que l'ouvrage est bien gai, pour le grave musulman que vous avez peut-être rencontré plus d'une fois venant de la rue Cherche-Midi à la rue d'Amsterdam, c'est-à-dire de chez lui chez moi, je vous avouerai que cette gaîté, intempestive peut-être, mais qui m'a semblé aussi nécessaire que ce miel dont parle Horace et qu'on met au bord de la coupe des enfants malades, je vous avouerai, dis-je, que cette gaîté est de moi.

Passons vite. On m'a déjà assez reproché d'avoir plaisanté avec les Pyramides, le Nil et la mer Rouge.

Vous aurez en route un grand travail sur la peinture que l'on m'a demandé pour l'Italie, et qui embrasse depuis la peinture contemporaine du roi Osymandras jusqu'à la peinture contemporaine du pape Léon X.

Vous vous dites, chers lecteurs, que

ceci ne sera pas gai, soit ; mais de temps en temps parlons sérieusement d'art ; personne n'y perdra, ni vous ni moi.

Vous aurez du Saphir à volonté ; on m'annonce six volumes tout entiers des œuvres de ce charmant humoriste. Je vais me mettre à leur traduction avec mon ami Engel, pianiste viennois, que je vous recommande, et à qui je ne reproche qu'une chose, c'est d'avoir trop d'esprit dans notre langue. Je l'attends, et nous commençons notre travail ce matin.

Vous aurez une bluette en sept ou huit chapitres, intitulée : *Les passions des hommes* et *les Amours des fleurs* ou *les Aventures d'un volubilis*. C'est le premier ouvrage

d'une dame qui m'a affirmé qu'elle avait
un grand talent. Nous verrons bien si
elle se trompe ou si elle a raison.

Dans tous les cas, elle porte le nom
d'un illustre horticulteur : elle s'appelle
madame Noé.

Enfin, vous aurez cinq fois par semaine
les Mohicans, et deux fois par semaine mes
Mémoires.

Sans compter les causeries, les nouvelles
de théâtre et les *rendus-comptes* de pièces
que je me réserve. Ma foi, tant pis, mes
confrères diront ce qu'ils voudront; mais
j'en reviens à ce premier numéro du
Mousquetaire qui a fait tant de bruit, et je
redis : *La critique n'est pas faite*, et quelle

que soit ma répugnance pour le métier de critique, je veux montrer *comment elle doit se faire*. Au reste, nous commencerons par l'*Œdipe* de Voltaire, que l'on joue dimanche à l'Odéon, nos amis les étudiants n'ayant point été sages, à ce qu'il paraît.

Sans compter les nouvelles de théâtres que nous promet notre ami Duprez, et qui donneront à notre journal une actualité qui lui manque et qu'il faut qu'il ait.

Car je sais bien ce qui lui manque, allez, à notre pauvre *Mousquetaire*.

Mille abonnés de plus cet hiver, chers lecteurs, et tout ce qui lui manque, je vous réponds qu'il l'aura.

Tout et toujours à vous.

X

En attendant que notre ami Nevire vous
fasse l'analysé de notre nouvel ouvrage
et répare les oublis que nous avons, dans
notre précipitation à vous écrire, commis
à l'égard des artistes, et particulièrement

à l'égard de M. Grangé, qui, avec beaucoup d'intelligence, de comique et de ca-
ractère, joue un bout de rôle de juif, laissez-nous vous en dire encore quelques
mots.

Les représentations d'hier et d'avant-
hier m'ont prouvé une chose dont j'étais
déjà bien convaincu au reste ; c'est que le
bruit que fait la critique autour d'une
œuvre d'art, à quelque orifice qu'il lui
plaise de placer sa trompette, ne peut ni
affaiblir le succès d'une pièce qui a réussi,
ni relever le succès d'une pièce qui a chuté.

La presse — et par la presse nous n'en-
tendons pas le journal de notre ami Girar-
din, mais la presse en général — la presse,

lundi matin, toute préoccupée d'éteindre *Flaminio*, n'avait pas eu le temps de dire un seul mot de *la Conscience*, ou ceux qui en avaient parlé en avaient dit du mal. Ce qui n'empêchait pas que le soir le succès était déclaré à ce point que cette seconde recette surpassait de quatorze cents francs la seconde recette du plus grand succès qu'ait eu l'Odéon depuis sa direction nouvelle — de L'HONNEUR ET L'ARGENT.

Ainsi, par exemple, lundi, M. Janin va, en termes de critique, abîmer l'ouvrage ; M. Lireux va en faire autant, si toutefois il ne s'est pas usé les dents sur la lime que vous savez ; M. Matharel, un peu moutonnier à l'égard de ses confrères, mais

ayant bon cœur et par conséquent étant
de bonne foi, va en dire ce qu'il croit qu'il
en pense.

Cela n'empêchera pas mardi, le lendemain du jour où ces messieurs se seront
donné toute cette peine, cela n'empêchera
pas le théâtre de faire en recette tout ce
qu'il peut faire quand sa salle craque,
c'est-à-dire trois mille francs.

Nous vous donnerons le chiffre officiel,
et vous verrez si nous nous trompons.

Peut-être trouverez-vous, chers lecteurs,
que c'est bien téméraire à nous de troubler
le sommeil de messieurs les critiques, et
que nous ferions mieux de les laisser di-
gérer le succès de madame Sand, diges-

tion laborieuse s'il en fut, pour des esto-
macs aussi malades et aussi aigris que les
leurs.

Oui, peut-être serait-ce la tactique de
tout le monde; mais nous ne sommes pas
tout le monde; nous avons des indigna-
tions que nous ne pouvons contenir, et
nous avons été indigné en lisant l'article
de M. Janin sur *Flaminio.*

— Vous lisez donc les articles de M. Janin, allez-vous me dire, chers lecteurs,
croyant me prendre sans vert, comme ce
bon monsieur Philinte, qui m'écrivait à
propos de mon fils et des deux *ll* de camellia.

— Non, je ne lis pas les articles de

M. Janin, Dieu m'en garde. Moi aussi, j'ai
l'estomac mauvais, non pas à l'endroit des
succès de mes confrères, mais de cette
prose entortillée et malsaine ; mais parfois, il s'élève certaines rumeurs qui viennent jusqu'à moi, et qui me font, je ne
dirai pas retourner, mais baisser la tête.

Eh bien ! une de ces rumeurs est venue.
Un homme du monde, le baron Courtier,
qui ne connaît pas M. Janin, qui n'a aucune raison ni de l'aimer ni de le haïr ; le
baron Courtier, artiste de cœur, est venu,
il tenait le *Journal des Débats*, il me l'apportait. Je ne voulais pas le lire, il m'a
dit :

— Lisez, car vous devez lire cela.

Et je l'ai lu.

Voilà pourquoi je viens prendre M. Janin au collet, et lui dire :

— Vous dormirez quand vous serez à l'Académie, si jamais vous y êtes, monsieur Janin ; mais en attendant, ce que vous venez d'écrire contre un des grands talents de votre époque, à qui vous ne pouvez pas pardonner de vous avoir appelé *gazetier* ; ce que vous venez d'écrire contre l'auteur d'*Indiana*, de *Valentine*, d'*André*, de *Mauprat*, de *Geneviève*, de *Jacques*, de *Consuelo*, de *François le Champi*, de *Claudie*, du *Pressoir*, de *Flaminio* ; vous, l'auteur de *l'Ane mort*, de *Barnave* et de *la Religieuse de Toulouse*, pauvres romans qu'on n'a pas lus ou que l'on a oubliés; ce que vous avez écrit contre un génie que vous feriez bien mieux d'adorer que d'insulter, ne passera pas ainsi, sans bruit et sans ré-sulat, comme vos attaques habituelles.

— Ah! faites donc comme M. Lireux, monsieur Janin. M. Lireux a autant de talent que vous, au moins. Peut-être sait-il un peu moins bien le latin, peut-être sait-il un peu moins bien le français, peut-être même ne sait-il pas du tout ni l'un ni l'autre, mais avec sa riche imagination, il pourrait écrire des livres dans le genre des *Gaîtés Champêtres*, faires des préfaces dans le genre de *Barnave*.

Eh bien, voyez, il est sage; il n'en fait pas.

Pourquoi?

Je vais vous le dire : c'est qu'il a peur
que je ne prenne ses livres comme je vais
m'amuser à prendre les vôtres, et que du
bout du scalpel — je ne les toucherai
qu'avec le fer, soyez tranquille — et que
du bout du scalpel je ne les dissèque, je ne
les anatomise, et n'y cherche enfin ce que
je n'y trouverai pas.

Ce qui est dans madame Sand.

Voilà, chers lecteurs, les raisons de
cette déclaration de guerre que je jette à
M. Janin, épisode de notre guerre de
trente ans: ainsi, apprêtez-vous à voir
passer sous vos yeux :

L'Ane mort.

Barnave.

La Religieuse de Toulouse.

Et les Gaîtés Champêtres.

Il faut une hécatombe à *Flaminio.*

Que M. Janin en fasse autant de mes neuf cents volumes et de mes cinquante drames, et il aura de la besogne pour le reste de son existence hebdomadaire.

Quant à celle que, dès le soir de mon succès, j'ai adressée à M. Lireux, la voici :

M. Lireux est ami intime de M. Ponsard.

M. Lireux ne peut comprendre le motif qui me fait louer M. Ponsard.

M. Lireux peut croire que j'ai loué M. Ponsard pour désarmer M. Lireux.

En conséquence, M. Lireux aurait pu me louer à son tour!

Et je ne veux pas être loué par M. Lireux.

FIN.

TABLE

Des chapitres du huitième volume.

—

Fin de la table du huitième et dernier volume.

Fontainebleau, imp. de E. JACQUIN.

ALEXANDRE CADOT

ÉDITEUR

37, rue Serpente.

SEPTEMBRE 1854

DERNIÈRES NOUVEAUTÉS

	in-8.	fr.	c.
Adriani, par *George Sand*	2 vol.	10	»
Bouquetière (la) **du Château-d'Eau**, par *Paul de Kock*	6 vol.	30	»
Baron (le) **la Gazette**, (suite au *Chevalier de Pampelonne*), par *A. de Gondrecourt* .	5 vol.	22	50
Comtesse de Charny, par *Alex. Dumas*,	19 vol.	104	50
suite d'*Ange Pitou* et complément des *Mémoires d'un Médecin*.			
CET OUVRAGE N'A PAS PARU ET NE PARAITRA PAS EN FEUILLETONS			
Catherine Blum, par *Alexandre Dumas* .	2 vol.	10	»
Crimes à la mode, par *André Thomas* . .	2 vol.	8	»
Capitaine (le) **Bravaduria**, par *Paul Duplessis*.	2 vol.	8	»
Camille, par *Roger de Beauvoir*	2 vol.	8	»
Corps (le) **franc des Rifles**, traduction Allyre-Bureau.	4 vol.	16	»
Château (le) **de Noïrac**, par *G. de La Landelle*.	2 vol.	8	»
Dernier (le) **Chapitre**, par la comtesse *Dash*	4 vol.	8	»
El Salteador, par *Alex. Dumas*.	3 vol.	15	»
Étapes d'un Volontaire, par *Paul Duplessis*.			
Première partie, **Le Roi de Chevrière**.. .	4 vol.	16	»
Deuxième partie, **Moine et Soldat**. . . .	4 vol.	16	»
Troisième partie, **Monsieur Jacques** (fin).	4 vol.	16	»
Ensorcelée (l'), par *Jules Barbey-d'Aurevilly*.	2 vol.	8	»
Famille Aubry, } par *Paul Meurice*.	4 vol.	16	»
Louspillac et Beautrubin, }			
Famille Jouffroy (la), par *E. Sue*. . .	7 vol.	35	»

	in 8.	fr.	c.

Les grands jours d'Auvergne, par *Paul Duplessis*.

Première partie, **Raoul Sforzi**. . . . . 5 vol. 20 »

Deuxième partie, **Le gracieux Maurevert**, (fin) . . . . 4 vol. 16 »

Honneur (l') **de la Famille**, par *G. de La Landelle*. . . . . 2 vol. 8 »

Mystères, (les) **de la Famille**, par *Elie Berthet*. . . . . 3 vol. 12 »

Mademoiselle de Cardenne, par *A. de Gondrecourt* . . . . 3 vol. 13 50

Mauvais (le) **Monde**, par *Adrien Robert*. . 2 vol. 8 »

Mohicans (les) **de Paris**, par *Al. Dumas*. 6 vol. 30 »

Neuf (le) **de Pique**, par la comtesse *Dash*. . 6 vol. 24 »

Parvenus (les), par *Paul Féval*. . . . 3 vol. 12 »

Pérégrine (fin du Prince de Galles), par *Léon Gozlan*. . . . . 4 vol. 16 »

Riche d'amour, par *Maximilien Perrin* . 2 vol. 8 »

Souvenirs de 1830 à 1842, par *Alex. Dumas*. . . . . 4 vol. 20 »

Sœur Suzanne, par *Xaxier de Montépin*. 4 vol. 18 »

Sonora (la), par *Paul Duplessis*. . . . 4 vol. 16 »

Trois Reines, par *Saintine*. . . . . 2 vol. 9 »

Tueur (le) **de Tigres**, par *Paul Féval*. . 2 vol. 8 »

Un amour de Vieillard, par le marquis de *Foudras*. . . . . 3 vol. 13 50

Un Gentilhomme de grand chemin, par *Xaxier de Montépin*. . . . . . 5 vol. 22 50

Une Nichée de Tartufes, par *Alfred Villeneuve* . . . . 3 vol. 12 »

Un Monsieur très tourmenté, par *Paul de Kock*. . . . . 2 vol. 10 »

Un Drame en Famille, par le marquis de *Foudras*. . . . . 5 vol. 22 50

Une Vie artiste, par *Alexandre Dumas*. . 2 vol. 10 »

Valets (les) **de Cœur**, par *X. de Montépin*. 3 vol. 13 50

Vie et Aventures de la princesse de Monaco, par *Alexandre Dumas*. . . 6 vol. 30 »

Veillées (les) **de Saint-Hubert**, par le marquis de *Foudras*. . . . . 2 vol. 9 »

OUVRAGES TERMINÉS

	in-8.	fr.	c.
Nelly, par *Amédée Achard.*	2 vol.	8	»
Oiseaux (les) **de Nuit** (suite au Vicomte Raphael), par *X. de Montépin.*	5 vol.	22	50
Olympe de Clèves, par *Alexandre Dumas.*	9 vol.	45	»
Pasteur (le) **d'Ashbourn,** par le même.	8 vol.	40	»
Princes (les) **d'Ebène,** par *G. de La Landelle.*	5 vol.	20	»
Prétendants (les) **de Catherine,** *A. de Gondrecourt.*	5 vol.	22	50
Sœur (la) **des Fantômes,** par *Paul Féval.*	3 vol	12	»
Sous trois Rois, par *Alexandre de Lavergne.*	2 vol.	8	»
Suzanne d'Estouville, par le marquis *de Foudras* (in-18, format Charpentier).	2 vol.	6	»
Sultan (le) **du Quartier,** par *Maximilien Perrin.*	2 vol.	8	»
Tache (la) **de Sang,** par le vicomte *d'Arlincourt,* tomes 3, 4, 5 et derniers.	3 vol.	15	»
Tour (la) **de Dago,** par *A. de Gondrecourt.*	5 vol.	22	50
Tristan de Beauregard, par le marquis *de Foudras,* (in-18 format Charpentier)	1 vol.	3	»
Un grand Comédien, par le marquis *de Foudras.*	3 vol.	13	50
Un Gil-Blas en Californie, par *Alexandre Dumas.*	2 vol.	10	»
Un Mari confident, par Madame *Sophie Gay.*	2 vol.	8	»
Une Vieille Maîtresse, par *Jules Barbey d'Aurevilly.*	3 vol.	12	»
Veau (le) **d'Or,** par *Frédéric Soulié.*			
Vicomte (le) **Raphael,** (suite aux Confessions d'un Bohême), par *Xavier de Montépin*	5 vol.	22	50
Vrais (les) **Mystères de Paris** par *Vidocq.*	7 vol.	31	50

Fontainebleau, imp. de E. Jacquin.

Ouvrages de Gondrecourt.

Le baron Lagazette . . . . 5 vol.
Le chevalier de Pampelonne . . . . . . 5 vol.
Mademoiselle de Cardonne . . . . . . 3 vol.
Les Prétendans de Catherine . . . . . 5 vol.
La Tour de Dago . . . . 5 vol.
Le Bout de l'oreille . . . . 7 vol.
Un Ami diabolique . . . . 3 vol.
Médine . . . . 2 vol.
La Marquise de Candenil . . . . 2 vol.
Le Légataire . . . . 2 vol.
Le dernier des Kerven . . . . 2 vol.
Les Péchés mignons . . . . 5 vol.

Ouvrages divers.

Le Coureur des bois, *par Gabriel Ferry* . . . 7 vol.
Les Crimes à la mode, *par André Thomas* . . 2 vol.
Le Mauvais Monde, *par Adrien Robert* . . . 2 vol.
Une Nichée de Tartufes, *par Villeneuve* . . . 3 vol.
La famille Aubry, *par Paul Meurice* . . . . 3 vol.
Louspillac et Beautrubin, *par le même* . . . 1 vol.
Le Tueur de Tigres, *par Paul Féval* . . . . 2 vol.
Une Vieille Maîtresse, *par Barbey d'Aurevilly* . 3 vol.
Les Princes d'Ebène, *par G. de la Landelle* . . 5 vol.
L'Honneur de la famille, *par le même* . . . 2 vol.
Un Beau Cousin, *par Maximilien Perrin* . . . 2 vol.
Le Roman d'une femme, *par A. Dumas fils* . . 4 vol.
Faustine et Sydonie, *par Mme Charles Reybaud* . 3 vol.
Le Mari confident, *par madame Sophie Gay* . . 2 vol.
Georges III, *par Léon Gozlan* . . . . . . 5 vol.
Sous trois rois, *par Alexandre de Lavergne* . . 2 vol.
Trois reines, *par X. B. Saintine* . . . . . 2 vol.

Fontainebleau, imprimerie de E. Jacquin.